Inselträume

Für meine Eltern, Lilly, Hanna und Elisa, die diese Geschichte als Erste hörten.

Rendezvous mit dem Teufel

Als ich am Dienstagmorgen vom Schulbus zur Schule lief ahnte ich noch nicht, was heute alles passieren sollte. Ahnte nichts von den Ereignissen, die auf mich zukamen, und die mein ganzes Leben auf den Kopf stellen sollten. Es war eben ein ganz normaler Schultag, grau, verregnet, nass.

Auch an der Glastür, durch die ich jetzt trat, war nichts Ungewöhnliches. Sie gehörte einfach an die Saint Lennox High School wie der Big Ben nach London. Oder ich ins Bett, zumindest um diese Uhrzeit. Das wurde mir mal wieder bewusst, als ich, ganz in Gedanken, in einen dunkelblauen Mantel hineinlief und zu allem Überfluss auch noch meinen Kaffee verschüttete. Sofort nahm der graue Linoleumboden die Farbe von – nun ja, Kaffee eben an.

Ich rappelte mich stöhnend hoch, um mich bei dem Besitzer des Mantels zu entschuldigen. Und plötzlich schien sämtliches Blut aus meinem Körper in mein Gesicht zu schießen, denn ich realisierte, wen ich da gerade umgerannt hatte: Ausgerechnet Lucifer, den süßesten Jungen der gesamten Schule. Er wurde von Mädchen jeglicher Jahrgangsstufen vergöttert, auch die Oberstufenschülerinnen warfen ab und an ein Auge auf ihn.

Ein Teufel war er in zweifacher Hinsicht. Er sah einfach unbeschreiblich gut aus, mit seinem cool gestylten Haar und den leuchtend grünen Augen. Darüber hinaus verfügte er über eine ebenso scharfe Zunge, mit der er nur zu gerne kleine, gaffende Schüler zur Schnecke machte. Ich stammelte eine hastige Entschuldigung und hastete dann den Gang entlang zu unserem Klassenraum.

Dort tobte die Vorstufe der Hölle: Schüler und Schülerinnen rannten umher, schrien quer durchs Zimmer oder bekritzelten Tafel und Mobiliar. Kopfschüttelnd blieb ich im Türrahmen stehen und betrachtete das Treiben der Neuntklässler. Ihr Verhalten glich eher dem von Kindergartenkindern, fand ich. Da drang durch den Tumult eine Stimme zu mir hinüber: „Lizzy! Endlich!" Die Stimme gehörte niemand anderem als meiner allerbesten Freundin, Katherine Roberts, oder einfach Kat. Ich zwängte mich durch das Chaos zu ihr, und sie fiel mir um den Hals. Sofort kämpfte ich mich los und sah sie vorwurfsvoll an. Von allzu engem Körperkontakt war ich kein Fan, und das wusste Kat auch. „Sorry, Liz! Aber ich hätte es keine Sekunde mehr ohne dich ausgehalten. Echt, die reinste Hölle hier!", keuchte sie jetzt. Ich nickte lebhaft, während ich meine Bluse, die leider zur Pflichtuniform der Schule gehörte, glatt strich. Dann ließ ich meinen Blick durch das Zimmer wandern und stöhnte auf. „Ja, Hölle passt! Hier kommt auch schon der Teufel!"

In der Tür stand Mr. Charlston, der Lehrer, den Kat und ich am wenigsten leiden konnten. Mit seiner monotonen Stimme konnte er jeden Schüler einschläfern, und er war gleichzeitig so zynisch und gemein, dass ich in den Unterstufenklassen immer panische Angst vor ihm gehabt hatte. Und als wäre das nicht genug unterrichtete er auch noch Physik, was meines Erachtens eine Erfindung zum Schülerquälen war. Ich konnte tun, was ich wollte, ich bekam diese Regeln und Formeln und was nicht noch einfach nicht in meinen Kopf. Und wenn dann noch jemand wie Mr. Charlston der Lehrer war, konnte man den Klassenraum gut und gerne als Folterkammer bezeichnen. Was Kat im Übrigen sowieso tat, ob mit Physik oder ohne.

In der Mittagspause stand ich, wie alle anderen auch, in der Schlange in der Cafeteria an, als mir plötzlich jemand auf den Rücken tippte. Ich fuhr herum und wäre am liebsten unsichtbar geworden- es war Lucifer. Er stand ganz lässig da und grinste, sodass ich nicht umhinkonnte, seine ausgeprägten Muskeln und das hübsche Gesicht zu betrachten.

Doch dann fiel mir schlagartig auf, wie bescheuert ich aussehen musste, und ich gab mir einen Ruck: „Ähm… hi. Ich wollte nur nochmal, also… das mit heute Morgen… ja, also… ich… Entschuldigung." Meine Stimme klang fast ein bisschen heiser und aus meinem zusammenhanglosen Gestammel konnte man auch nicht wirklich schlau werden. Peinlich berührt biss ich mir auf die Lippe, doch Lucifer lachte bloß. „Hey, entspann dich! Das mit dem Kaffee ist schon okay. Ich fand's ehrlich gesagt ganz süß." „Süß?" Er lachte über mein fassungsloses Gesicht. „Ja, vor allem, wie du weggerannt bist. Als wäre der Teufel hinter dir her!" Jetzt musste auch ich lachen. „Ja, war er auch! Ich hätte bestimmt Nachsitzen bekommen! Physik!", fügte ich nachdrücklich hinzu. „Ich mag Physik! Ich könnte dir Nachhilfe geben", schlug er, ohne das Grinsen einzustellen, vor. Aber ich schüttelte entsetzt den Kopf: „Um Himmels willen! Die zwei Stunden pro Woche sind schon zwei zu viel!" Wir lachten beide, und er berührte kurz meine Hand. Himmel, was tat ich denn da?! Ich stand hier in der Cafeteria und hielt Smalltalk mit dem begehrtesten Jungen der Schule, als sei es das normalste der Welt! Ich musste verrückt sein!

Innerlich bereitete ich mich auf ein „Sorry, aber ich muss los" vor, als er plötzlich meinte: „Ich würde gerne mal was mit dir machen." Ganz locker sagte er das, fast unbeteiligt, doch in meinem Magen begannen Schmetterlinge, zu tanzen und Gedanken fuhren in meinem Kopf Karussell. Das hatte er nicht gesagt! Lucifer hatte mich nicht gerade indirekt um ein Date gebeten! Das konnte gar nicht sein! Ich glotzte ihn, zugegeben, wenig intelligent, aus aufgerissenen Augen an. Jetzt schien auch er ein bisschen verunsichert, zum ersten Mal sah ich das Grinsen schwinden. „Also, ich meine…, wenn du nicht willst, dann…" Ich riss mich zusammen und beeilte mich, zu antworten: „Doch! Doch ich würde unglaublich… also, sehr gerne!" Gespannt hielt ich den Atem an, als Lucifer augenblicklich wieder zu grinsen begann. „Hey, cool! Sagen wir… halb fünf im Hyde Park?" Ich nickte nur. „Super! Dann bis dann!"

Ich starrte ihm hinterher, als hätte ich einen Geist gesehen. Da riss mich eine scharfe Stimme aus meinen Gedanken: „Hallo, du! Du bist dran!" Es war die Küchenhilfe. Ich zuckte zusammen und reichte ihr mein Tablett. Als es mit Essen beladen war, ging ich zum Ecktisch, wo Kat bereits saß und Kartoffelsuppe löffelte. Ihrem Gesicht nach zu urteilen schmeckte es ihr nicht besonders, was weiter kein Wunder war, denn bis auf freitags war das Essen hier immer nicht so lecker. Wir mutmaßten schon, dass freitags eine andere Köchin kochte, eine, die den Schülern keine Lebensmittelvergiftung zumuten wollte.

Aber das Schulessen war momentan meine kleinste Sorge. Leicht außer Atem stellte ich mein Tablett auf den Tisch, den Kat und ich schon in unserer ersten Woche zu unserem Stammplatz erkoren hatten. Dann setzte ich mich und begann, zu essen. Wie erwartet schmeckte es nicht gerade gut, zudem schien mein Magen ohnehin von einem Schwarm Schmetterlinge besiedelt. Ich legte den Löffel also wieder weg und wartete, bis Kat den letzten Löffel Suppe gegessen hatte. Sie wischte sich über den Mund und schüttelte sich leicht. „Puh, wenn ich nicht so furchtbar Hunger gehabt hätte, hätte ich es gemacht wie du." Sie deutete auf meinen fast unberührten Teller. Ich nickte.

Als wir unsere Gedecke abgeräumt hatten, waren noch zehn Minuten der Pause übrig. Also gingen wir auf den Schulhof. Aber anstatt wie sonst zu unserem Lieblingsplatz, der Bank unter der Kastanie, zu gehen, zog ich Kat zu den alten Schultoiletten. Sie sah mich fragend an. „Liz, geht es dir gut? Du bist ganz blass." Ich holte tief Luft. „Lucifer hat mich gerade um ein Date gebeten!" Kat riss die Augen auf. „Ernsthaft?!" Ich nickte bloß. Auf ihrem Gesicht breitete sich ein Grinsen aus. „Wow, Liz! Dein erstes Date!!" „Ja!", rief ich. Kat fiel mir um den Hals, und diesmal schüttelte ich sie nicht ab. Ich war innerlich viel zu aufgewühlt. Kat und ich sprangen quietschend wie kleine Kinder auf und ab. Manche Schüler, die vorbeigingen, schauten uns befremdet an. Aber das war uns egal, das heißt, mir war es egal. Kat war ja sowieso nie etwas peinlich. Das Läuten riss uns aus unserer kindischen Hüpferei.

Ich schaute auf die Uhr und stöhnte. Erst drei! Und jetzt hatten wir auch noch Kunst bei Mrs. Stone, einer kleinen, rundlichen Frau, die aussah wie eine Schildkröte. Sie trug immer farbbekleckste Jeans und Shirts, die Haare meist in einem messy Dutt. Eigentlich hätte sie ganz cool sein können, wenn sie nur nicht immer mit uns reden würde, als wären wir erst drei. Heute würden wir glücklicherweise ein neues Thema anfangen, die letzten Wochen hatten wir damit zugebracht, aus Ton irgendwelche Figuren zu formen. Ich, als feinmotorisch unbegabt geltend, hatte mich an einem Hund versucht, der mehr aussah wie eine zu dünn geratene Kuh. Darum war ich heilfroh, dass wir jetzt aufgefordert wurden, Zeichenblock und Wasserfarbkasten zu holen. Schlimmer als Ton konnte es ja sowieso nicht werden.

Konnte es doch. Eine halbe Stunde später saßen Kat und ich, vollkommen entnervt, vor unseren Blöcken. „Um Himmels willen, wozu braucht man das??", wollte Kat wissen. Ihre Haare standen in allen möglichen Richtungen von Kopf ab und sie hatte einen braunen Fleck auf der Wange. Auch ich sah unzufrieden auf mein Blatt und das halbfertige Bild darauf, das ein Baum werden sollte. Er war unregelmäßig und viel zu schief, ich hätte ihn mit Bleistift vorzeichnen sollen. Doch unsere Lehrerin hatte darauf bestanden, dass wir sofort losmalten. „Ihr müsst die Magie der Farben nutzen, meine Lieben! Lebt eure Kreativität!" Ich seufzte. Im Zweiminutentakt sah ich auf die Uhr und rechnete aus, wie lange es bis zu meinem Date mit Lucifer war. Die Zeiger schienen nur so über das

Ziffernblatt zu kriechen, aber dann war auch der Kunstunterricht endlich geschafft.

Ohne auf meinen mehr oder weniger ordentlichen Baum zu achten quetschte ich den Block in den Kunstschrank und warf meine Weste über. Kat und ich drängten uns aus dem Schulgebäude. Draußen nahm meine Freundin meine Handgelenke. „Also, Liz. Toi, toi, toi und viel Spaß! Du musst mir unbedingt alles erzählen!" Ich nickte und versprach es ihr. Dann sauste ich los, damit ich den frühen Bus noch bekam.

Als ich schließlich keuchend zwischen zwei Fünftklässlerinnen eingequetscht im viel zu vollen Bus stand, wanderten meine Gedanken wieder zu Lucifer. Er war an unserer Schule sicher so beliebt wie mancher Popstar. Denn zu seinem umwerfenden Aussehen konnte er auch noch unglaublich gut Football spielen und er war der Held der Mannschaft. Er hatte Scharen von Fans und Bewunderern, hunderte Mädchen himmelten ihn an. Er hätte jede, wirklich jede haben können und entschied sich für mich! Ich konnte es noch immer nicht fassen. In unserer Klasse waren praktisch alle, die nicht in festen Händen waren, in ihn verliebt. Bei dem Gedanken an ihre Gesichter, wenn sie davon erfuhren, musste ich grinsen. Nach etwa fünfzehn Minuten Fahrt stieg ich aus. Auf den letzten fünf Minuten Fußweg überlegte ich, was ich zu unserem Date anziehen sollte. Ich wollte hübsch aussehen, aber nicht aufgebrezelt wirken.

Zuhause rief ich ein allgemein gemeintes Hallo in den Flur. Ich erhielt keine Antwort. Ach ja, es war ja Dienstag.

Meine Mum arbeitete heute noch länger als sonst und Julia, meine ältere Schwester, hatte Mädelsnachmittag in der City. Umso besser, dann konnte ich lange ins Bad und keiner fragte mich über Schule und Hausaufgaben aus.

Ich beeilte mich, in mein Zimmer zu kommen. Während ich die knarzende Holztreppe hochlief strichen meine Finger sanft über das schon reichlich verkratzte Geländer. Der Lack war an einigen Stellen abgeplatzt und er hatte viele Risse. Besonders nobel und luxuriös war es vielleicht nicht bei uns, aber auf alle Fälle gemütlich. Schwungvoll riss ich meine Zimmertür auf. Ein großes Foto begrüßte mich von der Dachschräge. Es zeigte Kat und mich im London Eye, beide eine Cola in der Hand, im Hintergrund glitzerte die Themse. Es war einer der wenigen sonnigen Londoner Tage gewesen.

Lächelnd betrat ich den Raum. Er war ziemlich klein, so wie jedes Zimmer in unserem Apartment. Ja, reich waren wir nicht, unsere Mutter war alleinerziehend und arbeitete praktisch den ganzen Tag, um über die Runden zu kommen. Viele Extras waren da nicht drin. Aber mir gefiel es so. Auch mein Zimmer würde ich nicht gegen irgendeine Luxusvilla eintauschen. Ich mochte die Blümchentapete und das große Bett unter der Schräge, auf dem sich bestimmt zehn Kissen häuften. Am Fenster stand ein Schreibtisch, auf dem meine Mathe Hausaufgaben darauf warteten, gemacht zu werden. Aber im Moment hatte ich wirklich andere Sorgen. Ich riss den Kleiderschrank auf und kramte mich durch jedes der gefühlten zehntausend Kleidungsstücke.

Nach einer Viertelstunde hatte ich mir ein Outfit zusammengesucht. Dann ging ich erst mal ins Bad, um zu duschen und die Zähne zu putzen. Nachdem ich meine Haare trocken geföhnt hatte, fielen sie mir etwa bis zu Brust, hellbraun und glatt. Ich schlüpfte in die hellblaue Bluse und die engen Jeans. Dann nahm ich noch die Silberkette auf der in silbernen Lettern geschwungen „Elizabeth" stand. Ich hatte sie zur Taufe bekommen. Dann ging es ans Styling. Mit meinem Haar konnte ich nicht allzu viel machen, zum Flechten war ich schlicht nicht geduldig genug. Also nahm ich die vordersten Strähnen, fasste sie nach hinten und machte sie mit einer Blümchenspange zusammen. Ich trug sogar etwas Make-Up auf, was ich normalerweise nicht tat. Aber etwas Wimperntusche und Lipgloss konnten sicher nicht schaden. Zu guter Letzt packte ich Handy, Geldbeutel und Schlüssel in meine kleine, blaue Tasche und schlüpfte in meine Sneakers. Dann sah ich auf die Uhr. Viertel nach vier. Perfekt. Ich hinterließ eine kurze Notiz für meine Mum und machte mich auf den Weg zum Hyde Park.

Die Vögel zwitscherten über meinem Kopf und am Wegesrand zeigte sich hier und da schon das erste Frühlingsgrün. An Bäumen und Büschen begannen die Knospen langsam aufzugehen und in den mehr oder weniger gepflegten Beeten wuchsen erste Schneeglöckchen und Krokusse. Ich passierte das in die Erde gerammte Schild mit der Aufschrift „Hyde Park, London" und schaute mich suchend um. Blöd, dass Lucifer und ich nicht ausgemacht hatten, wo genau wir uns treffen wollten. Aber noch waren es auch fünf Minuten und ich nutzte die Zeit, um mich ein wenig umzusehen.

Einige Männer und Frauen liefen mit Hunden über die Sandwege, ab und an schob eine Mutter einen Kinderwagen vorbei. Ab und zu auch ein Vater. Kleine Kinder tollten lachend und schreiend umher, und einige besonders motivierte Jungs hatten sich aus Stöcken Fußballtore gebastelt. Sie rannten über die Wiesen und jagten einem nicht mehr sehr sauberen Ball hinterher.

Es war erst Anfang März und das Gras ziemlich feucht. Aus einem romantischen Picknick würde also nichts werden, stellte ich seufzend fest. Die meisten Pärchen tummelten sich am riesigen Springbrunnen, der das Zentrum des Parks bildete. Und gerade als ich überlegte, was Lucifer und ich am besten machen könnten, rief jemand hinter mir: „Hey, ähm…" Ich fuhr herum und erkannte Lucifer. Sofort begannen meine Wangen zu glühen und die Schmetterlinge in meinem Bauch tanzten wieder. „Hey", sagte ich, während ich zu ihm hinüberging. Da fiel mir auf einmal siedend heiß ein, dass ich mich ihm ja noch gar nicht vorgestellt hatte! Die Röte auf meinem Wangen vertiefte sich etwas, als ich sagte: „Ach so, ähm, ich habe heute Morgen ganz vergessen dir zu sagen, wie ich heiße. Ich bin Elizabeth, aber sag ruhig Liz, das ist nicht so ein Zungenbrecher und klingt auch einfach besser, also, hast du irgendwelche Pläne, was wollen wir machen?" Diese Sätze sprudelten im Rekordtempo aus mir heraus und Lucifer sah kurz ziemlich überfordert aus. Und echt süß, wie ich zugeben musste. Doch dann lächelte er schon wieder. „Elizabeth klingt aber auch cool! Was würdest du denn gerne machen?" Ich lächelte geschmeichelt. Mein Name bekam sonst selten Komplimente, allein schon, weil er so gewöhnlich war. Ich mochte Lucifer von Sekunde zu Sekunde mehr. „Keine Ahnung, einfach ein bisschen spazieren gehen? Damit wir uns besser kennen lernen?" Er nickte zustimmend.

Gemeinsam spazierten wir also die sandigen Wege entlang. Anfangs noch ziemlich schweigend kam im Verlauf der Zeit ein richtiges Gespräch in Gang. Es stellte sich heraus, dass wir beide Sunrise Avenue mochten, gerne auf Konzerte gingen und auch mal was in der Natur machten. Ich fand es cool, dass Lucifer so direkt war. Ich kannte das von mir selber nicht und mochte es. Auch wenn er manchmal etwas selbstgefällig war, konnte ich ihn gut leiden. Ich stand zwar nicht so auf Fußball und auch nicht auf dieses Computerspiel, das er manchmal mit seinen Kumpels spielte, aber wir waren ja auch keine Zwillinge. Ich konnte gut mit ihm reden und lachen und die Zeit verging wie im Flug. Blitzschnell verschwand die Sonne hinter den Bäumen, die den Park säumten, und sofort wurde es empfindlich kühl. Ich hatte bloß eine dünne Weste an und begann zu frösteln. Außerdem wurde es allmählich spät. Lucifer und ich gingen zum Parkeingang, um uns zu verabschieden. „Tschüss, Lucifer. Es war echt schön mit dir, können wir gerne öfter machen." Er nickte und sah mich lange an.

Von seinem intensiven Blick aus diesen unglaublichen Augen wurde mir ganz schwindelig. „Liz, ich mag dich wirklich sehr. Ich würde dich gerne öfter treffen." Ich starrte ihn an, unfähig, etwas zu sagen oder mich auch nur zu bewegen. Ich hatte ein Kribbeln im Bauch, und aus irgendeinem Grund wanderte mein Blick auf seine Lippen. Er schien es zu bemerken und sein Gesicht näherte sich langsam meinem. Ich hielt den Atem an, als seine Hand vorsichtig meine streifte. Seine Augen waren so unheimlich fesselnd... Ein lauter Schlag ließ uns zusammenfahren. Ich drehte mich um und sah das Tor, das den Eingang bildete. Es war zugefallen. Ich wandte mich zu Lucifer um, der peinlich berühr schien. Er rieb sich den Nacken und schaute über meinen Kopf hinweg. Auch meine Wangen begannen wieder zu brennen und ich murmelte nur noch ein hastiges „Tschüss, bis morgen", dann verschwand ich.

Einerseits war ich irgendwie erleichtert, andererseits aber auch unheimlich enttäuscht. Es hätte nicht viel gefehlt, und wir hätten uns geküsst. Geküsst – allein der Gedanke daran verursachte mir Herzklopfen. Tatsache war, dass ich noch nie diesen berühmten Ersten Kuss gehabt hatte. Wir hatten mal an Kats Geburtstagsfeier Flaschendrehen gespielt, bei dem man sich erst auf die Hand, dann auf die Wange und dann auch den Mund küssen musste. Der Nervenkitzel dabei war, dass man ja nie wusste, auf wen die Flasche zeigen würde. Ich hatte Kat auf die Hand küssen müssen, ihren kleinen Bruder auf die Wange und Michael, einen zugegebenermaßen hübschen Jungen aus unserer Klasse, auf den Mund. Aber das war erstens schon fast drei Jahre her und zweitens nicht mal ein richtiger Kuss. Abgesehen davon war ich einem Jungen noch nie näher gekommen, als man musste, um einem freundschaftlich auf die Schulter zu klopfen. Die Jungs aus unserer Klasse waren mehr so die Kumpel-Typen. Oder einfach doof.

Das beste Beispiel dafür war Justin. Sein Name steckte ihn schon in eine Schublade, und in die gehörte er auch. Er erfüllte alle Klischees zu diesem Namen auf einmal. Er schrieb in der Schule grundsätzlich immer ein C oder ein E. ab und an auch ein F. Und er war einfach ein Pausenclown, der ganz versessen darauf schien, Leute zu nerven.

Ich kramte den Schlüssel aus meiner Tasche und öffnete die Tür. Wie schon heute Mittag rief ich ein Hallo, und diesmal bekam ich auch Antwort. „Hallo, mein Schatz!", rief meine Mutter aus der Küche, wo sie das Abendessen zubereitete. Ich, die ich den ganzen Tag seit heute früh außer einem Löffel Suppe nichts mehr gegessen hatte, bemerkte auf einmal, wie hungrig ich war. Mit geschlossenen Augen sog ich den Duft, der aus dem geschlossenen Raum, der Küche und Esszimmer in einem war, tief ein. Meine Mum kam aus der Tür und umarmte mich. „Na, Schatz, wo warst du denn? Das Essen ist gleich fertig", bemerkte sie mit einem Blick auf mich. Ich hatte gierig in die Küche geschielt und grinste jetzt verlegen. Ich wollte ihr eigentlich nicht unbedingt etwas von Lucifer erzählen, zumal da ja noch gar nichts war. „Ich habe mich mit... jemandem getroffen", wich ich also rasch aus. Im weitesten Sinne stimmte das ja auch. Meine Mum lächelte und strubbelte durch meine Haare.

„Was gibt's zu essen?" Ohne, dass wir es bemerkt hatten, war meine Schwester Julia in die Küche gekommen. Sie war ein Jahr älter als ich und mir in Sachen Jungs meilenweit überlegen. Sie hatte bereits einen festen Freund gehabt, sich aber nach einem Monat von ihm getrennt, weil er einfach „zu anhänglich und unreif" war. Generell war sie ziemlich pingelig und achtete sehr auf ihr Äußeres. Nicht, dass ich jetzt irgendwie schlampig umherlief, aber sie war nochmal eine Klasse extremer. Ihre Shopping-und Bummelnachmittage mit ihrer Clique bedeuteten ihr sehr viel. Jetzt beäugte sie stirnrunzelnd die Lasagne, die Mum gerade aus dem Ofen nahm. Ich war sicher, dass sie in Gedanken schon die Kalorien ausrechnete. Mir hingegen lief bei ihrem Anblick das Wasser im Mund zusammen. „Könntet ihr Tisch decken?" Ich nickte und griff nach Tellern, Messern und Gabeln.

Während Julia Wasser in unsere Glaskaraffe füllte, deckte ich den kleinen Tisch, an dem zweit Stühle und eine Bank standen. Die Bank war mein Stammplatz, hier saß ich schon immer. Julia mir rechts gegenüber und Mum links. So nahmen wir auch jetzt Platz und begannen, zu essen. Das Abendessen war eigentlich immer eine recht stumme Angelegenheit. Auch heute redeten wir nur das Nötigste und das war mir gerade recht. So konnte ich den Nachmittag in aller Ruhe Revue passieren lassen und mir jedes noch so kleine Detail merken. Ich ließ meine Gedanken schweifen, von unserem Zusammenstoß auf dem Flur über das Treffen in der Mensa bis hin zu dem Abschied im Park…

„Sag mal, was grinst du eigentlich die ganze Zeit so idiotisch vor dich hin?" Erschrocken fuhr ich zusammen. Julia saß mir gegenüber, die Gabel auf halbem Weg zum Mund, und beäugte mich mit gerunzelter Stirn. Natürlich übertrieb sie maßlos. Ich grinste keineswegs idiotisch vor mich hin. Ich lächelte bloß, das war ja wohl kein Verbrechen! „Wieso idiotisch, Schwesterherz? Ich bin einfach gut drauf!" Julia hob eine Augenbraue, zog es aber vor, zu schweigen. Verhalten grinsend wandte ich mich wieder mit mächtigem Appetit meiner Lasagne zu. Idiotisch, na danke!

Nach dem Essen räumte ich mit meiner Mum den Tisch ab. „Hattest du einen schönen Tag?", wollte sie wissen. Ich nickte. Mum seufzte. „Naja, wenigstens du..." Ihr Tonfall klang besorgt. Jetzt, so aus der Nähe betrachtet, fiel mir auf, wie müde sie aussah. Unter ihren Augen lagen dunkle Schatten, ihr Gesicht wirkte grau und schlapp. Aber bevor ich fragen konnte, was los war, klingelte unser Festnetz-telefon. Ich eilte zum Apparat und meldete mich. Eine tiefe Männerstimme antwortete: „Elizabeth? Gibst du mir mal Jane?" Jane, das war meine Mutter. Ich bejahte und brachte ihr das Telefon. Ich sah, wie sie auf das Display schielte, etwas wie „Canmoore" murmelte und dann ranging.

Ich stieg unterdessen die Stufen zu meinem Zimmer hoch. Wer oder was war Canmoore? Grübelnd ging ich zu meinem Bett und zog den Schlafanzug unter dem Kopfkis-sen hervor. Er war blau-weiß gestreift und unbeschreiblich gemütlich. Rasch zog ich mich um und ließ mich dann auf die Bettkante sinken. Meine nackten Füße strichen über den rosafarbenen, flauschigen Teppich, ein Geschenk zu meinem zwölften Geburtstag. Während ich so dasaß und nachdachte fiel mir ein, was Lucifer zu mir gesagt hatte: „Liz, ich mag dich wirklich sehr." Es war nicht so, dass mir noch nie jemand gesagt hatte, dass er mich mochte. Von Kat hörte ich es oft, von Mum auch, und ich sagte es umgekehrt zu ihnen. Aber es von einem Jungen gesagt zu bekommen spielte nochmal in einer anderen Liga. Wenn ein Junge einem sagte, dass er einen mochte, war das etwas wahnsinnig Aufregendes. Und dann auch noch jemand wie Lucifer! Ich mochte ihn auch. Immer, wenn Kat mich darauf angesprochen hatte, ob ich nicht auf Lucifer stehe, hatte ich das mit energischem Kopfschütteln abgetan. Tatsache war allerdings, dass ich schon immer heimlich für ihn geschwärmt hatte. Ein Blick auf die Uhr verriet mir, dass es schon halb zehn war und ich allmählich schlafen sollte. Aber noch war ich einfach zu hibbelig, also stand ich auf und ging zu meinem Schreibtisch. Einer plötzlichen Eingebung folgend griff ich zu einem Blatt Papier und einem Stift. Ich würde mich bei Lucifer für den schönen Nachmittag bedanken und-was am wichtigsten war-meine Nummer aufschreiben. Ich brauchte geschlagene 45 Minuten, aber als der Brief schließlich fertig war steckte ich ihn zufrieden in meine Schultasche. Dann stieg ich endlich ins Bett, rundum glücklich mit der Welt. Aus Gewohnheit begann ich im Kopf bis Tausend zu zählen. Das tat ich abends immer, damit ich schnell einschlief. Ich kam gerade mal bis siebenundzwanzig, dann war ich auch schon eingeschlafen.

„Sei still, du Quälgeist!", fluchte ich halblaut und tastete nach meinem Wecker. Seit etwa fünf Minuten schlug ich jetzt schon, halb blind, auf meinem Nachttisch herum, aber der Wecker piepte unaufhörlich weiter. Doch dann, endlich, mitten im zwanzigtausendsten Piepen, brach er ab. Ich hatte den Aus-Knopf getroffen. Stöhnend knipste ich meine Nachttischlampe an und rieb mir den Schlaf aus den Augen. Dann streckte ich mich kurz und wuchtete mich schließlich wohl oder übel aus dem Bett.

Nachdem ich rasch meine Zähne geputzt und mich angezogen hatte, tapste ich schlaftrunken in die Küche, wo Julia und Mum bereits beim Frühstück saßen. „Morgen", gähnte ich und schob mich auf die Bank. Meine Mutter murmelte ein undeutliches „Guten Morgen" hinter ihrer Zeitung hervor. Julia widmete sich grußlos wieder ihrem Toast. Ich rollte die Augen. Julia war ein echter Morgenmuffel. Na gut, ich genaugenommen auch, aber naja. Ich zog meine Lieblingstasse, in der bereits heißer Kakao dampfte, zu mir heran. Abwesend strich ich über den schwarzen, teils abgeblätterten Schriftzug darauf: „Little Princess". Ich hatte die Tasse von meinem Vater bekommen, als dieser noch bei uns lebte. Ich erinnerte mich allerdings kaum noch an ihn, denn als er Mum verlassen hatte war ich gerade erst drei gewesen. Das war vielleicht auch besser so, denn für mich war das Leben ohne Vater ganz normal.

Über einer Scheibe Honigtoast erwachten schließlich meine Lebensgeister vollends und auch meine Gedanken

21

begannen wieder zu laufen. Allmählich kehrten die Erinnerungen an den vergangenen Tag zurück, allen voran Lucifers herzlicher Abschied im Park. Diese Gedanken brachten mich, obgleich am frühen Morgen, zum Lächeln. Oder, um es mit Julias Worten zu sagen, zum idiotisch vor mich hin grinsen. Aber heute störte das nicht mal meine Schwester. Morgens war sie sowieso nicht zurechnungsfähig. Man sollte wichtige Anliegen mit ihr frühestens nach der zweiten Stunde besprechen, vorher war ihr Gehirn nicht in der Lage, darüber nachzudenken. Zumindest meiner Meinung nach. Früh morgens war Julia meines Erachtens am erträglichsten.

Nach dem recht wortkargen Frühstück begann ich meine Schultasche zu packen, wobei ich darauf achtete, den Brief für Lucifer nicht zu verknicken. Ich hätte mir Sorgen machen können, wie ich ihn ihm zukommen lassen solle, immerhin ging er nicht in meine Klasse. Aber das war kein Problem. Ich wollte den Brief durch den Lüftungsschlitz seines Spindes schieben. Wo sein Spind war wusste ich, weil ich ihn schon früher heimlich beobachtet hatte. Er war bloß drei Fächer von meinem entfernt. Aus reiflicher Beobachtung wusste ich außerdem, dass Lucifer seinen Spind täglich öffnete, weil er seine Jacke darin einschloss. Das garantierte mir, dass er den Brief auch fand. Alles war gut durchdacht, und so stieg ich um viertel nach sieben verhältnismäßig gut gelaunt in den Bus. Viel besser konnte ein Mittwoch nicht anfangen.

Als ich in der Schule ankam herrschte eine aufgedrehte Stimmung. Sonst schleppten die meisten Schüler sich wie

Schnecken durch die Gänge, höchstens mal fähig zu einem Hallo oder Guten Morgen. Heute hingegen schien ich mitten auf einer Party gelandet zu sein. Mädchen kicherten herum, Jungs wirkten zwiegespalten zwischen Vergnügen und Entsetzen. Den Grund für den Aufruhr fand ich am schwarzen Brett. Nachdem ich mich durch die gaffenden Schülermassen gekämpft hatte, erhaschte ich einen Blick auf den gelben Zettel, der scheinbar über Nacht dort aufgetaucht war:

Liebe Schülerinnen und Schüler!

Wir freuen uns, dass wir diesen Frühling ein ganz besonderes Ereignis an unserer Schule haben werden: Einen FRÜHLINGSBALL! Er findet am 12.3.19 ab 19 Uhr in der Turnhalle statt.

Jeder ist herzlich eingeladen, es gibt Essen, Getränke und Musik von der Abi Band. Dresscode: Was immer ihr wollt.

Wir freuen uns auf euch!

Die Schülervertretung.

Augenblicklich begann mein Herz schneller zu schlagen. Ein Frühlingsball! Das musste ich Kat erzählen, die würde ausrasten vor Freude. Ich hatte den Gedanken kaum beendet, da schrie eine Stimme neben meinem rechten Ohr: „Mensch, Lizzy, das ist ja obersupermegageil!!!" Ich brauchte mich gar nicht erst umzudrehen, um zu sehen, wer mir da gerade die Ohren kaputtbrüllte. Letzten Endes tat ich es aber doch und stimmte in Kats Jubel mit ein. Wir entfernten uns ein Stück vom schwarzen Brett, denn die Schüler dort machten mehr Lärm als ein startender Jumbojet. Augenblicklich begann Kat auf mich einzureden. „Himmel, ich habe noch gar nichts zum Anziehen! Wir müssen unbedingt zusammen shoppen gehen. Oh ja, wir machen das zusammen, das wird toll! Schon mal Übung für unseren Abiball! Mit wem soll ich bloß hingehen? Soll ich warten bis mich einer fragt, oder soll ich jemanden fragen? Ja, das mache ich. Hm, oh, klar, Michael, ein richtiges Date, was meinst du, Liz?"

Ich schreckte zusammen. „Was-? Wie? Äh-ja, mach das!" Verlegen strich ich meine Haare zurück. Gemeinsam gingen Kat und ich zu unserem Klassenraum. Das heißt, ich ging. Kat hüpfte neben mir her. Doch dann hielt sie plötzlich mitten in ihrer Hüpfbewegung inne und starrte mich an. Ihre Augen weiteten sich und sie quietschte: „Oooh, Liz, wie war eigentlich dein Date mit Lucifer?" Ich boxte ihr in die Rippen. „Spinnst du total, nicht so laut!", zischte ich. Aber Kat ließ sich nicht bremsen. „Erzähl! Was habt ihr gemacht? So richtig romantisch, mit Kerzen und Picknick? Und habt ihr euch… habt ihr euch auch geküsst??" Erwartungsvoll schaute Kat mich an. Ich verdrehte die Augen, während ich mit glühenden Ohren nach passenden Worten rang. Doch da erlöste mich glücklicherweise die Klingel von dieser Pflicht.

Kat und ich mussten rennen, wenn wir nicht zu spät zu unserem Französisch Unterricht kommen wollten, und das wollten wir nicht. Also packte ich meine Freundin am Arm und zog sie laufend hinter mir her. Gemeinsam mit unserem Lehrer huschten wir ins Klassenzimmer. Dieser zog die Augenbrauen hoch, ersparte uns aber einen Kommentar. Unser Französischlehrer war sowieso der einzige, der einigermaßen erträglich war. Französisch im Übrigen auch. Heute wurden wir mit Verben im Perfekt und Plusquamperfekt traktiert, aber das war mir tausendmal lieber als Kunst oder Physik. Allerdings konnte sich kein Schüler so richtig konzentrieren, der bevorstehende Frühlingsball beanspruchte den größten Teil der Schülerhirne. Meins auch, und Kats sowieso. Obwohl wir normalerweise keine schlechten Schülerinnen waren schafften wir es einfach nicht, und auf die Grammatikregeln zu konzentrieren, die wir abschreiben sollten.

Irgendwann schien das auch unser Lehrer zu bemerken, denn er legte seufzend die Kreide weg. „Leute, ich kann verstehen, dass ihr des Balls wegen aufgedreht seid, aber es nützt nichts: Wir müssen vorankommen! Denkt dran, je eher wir fertig sind, desto eher könnt ihr Pause machen!" Er zwinkerte uns zu und ich wusste, dass wir mindestens fünf Minuten früher gehen durften. Kat und ich grinsten uns an. Unser guter, alter Französischlehrer. Er schien die Notwendigkeit der Pausen viel eher zu begreifen als manch anderer. Und tatsächlich schaffte er es, die Schülermeute ein wenig zu beruhigen. Mit einer verlängerten Pause in Aussicht ließ es sich viel entspannter und konzentrierter arbeiten. So kam es, dass er zehn Minuten vorm Klingeln sagte: „Okay, das war eine ordentliche Stunde. Wenn ihr leise seid, könnt ihr schon mal in die Pause gehen. Aber dass das eine Ausnahme bleibt!"

Den letzten Satz musste er rufen, um die nach draußen drängenden Schüler zu übertönen. Natürlich war das Topthema auf dem Pausenhof-klar-der Frühlingsball. Überall rotteten sich kleinere oder auch größere Grüppchen zusammen die sich tuschelnd über den Ball unterhielten. Kat gesellte sich schnell zu der Gruppe, in der

Mell, Annabell und – zufälligerweise – auch Michael standen. Als ich Michael erblickte fiel mir siedend heiß der Brief für Lucifer wieder ein. Den hatte ich in der Aufregung heute glatt vergessen. Mit einem gemurmelten „Ich muss mal" huschte ich wieder ins Gebäude und eilte so leise wie möglich zu Lucifers Spind. Ein Glück, dass die Pause offiziell noch gar nicht begonnen hatte! Ich zog den mit einem schwungvollen `Lucifer´ gezierten Zettel aus der Tasche und schob ihn durch den Lüftungsschlitz. Dann ging ich gemächlich zurück auf den Schulhof, wo ich mich zu Kat gesellte und mich an der Diskussion beteiligte.

Das Gespräch schien Stunden zu dauern und ich begann mich ein wenig zu langweilen. Das schien allerdings niemand zu bemerken, nicht einmal Kat. Sie ereiferte sich so, dass sie, hätte ich sie nicht irgendwann mitgeschleift, tatsächlich das Klingeln verpennt hätte. Und auch auf dem Weg zum Klassenzimmer war sie unaufhörlich am Quasseln. Ich lachte bloß. Das war eben Kat.

Der heutige Schultag war um einiges erträglicher als der vorige, was nicht zuletzt daran lag, dass wir keine Fächer wie Physik hatten. Na gut, Mathe, aber das war auszuhalten.

„Mit wem gehst du zum Frühlingsball?" Julia hob die Augenbrauen. „Als ob ich das dir auf die Nase binden würde, Schwesterchen!" Ich rollte die Augen. Ich hasste es, wenn sie mich Schwesterchen nannte. Aber ich wollte unbedingt wissen, mit wem sie zum Ball ging! Gerade, als ich mir vornahm, sie den ganzen Nachhauseweg zu löchern, meinte sie hoheitsvoll: „Ich gehe vermutlich gar nicht. Das ist mir alles viel zu kindisch!" Ich konnte nicht anders, als mit dem Kopf zu schütteln. Kindisch! Ging es noch entfremdeter? Ein Ball war doch nicht kindisch! Aber wenn Julia meinte… Ich klopfte ihr die Schulter. „Ja, da hast du recht. Für Herrschaften der älteren Generation ist das wahrhaftig nichts mehr." Sie warf mir einen bitterbösen Blick zu. Sie hasste es, wenn ich sie als alt bezeichnete. Ungefähr so, wie ich das Schwesterchen hasste. Ja, es stimmt schon, wir waren uns ständig am Kabbeln, aber im Grunde mochten wir einander sehr. Na, meistens.

Zuhause angekommen verschwanden wir beide sofort in unsere Zimmer. Ich hätte natürlich Hausaufgaben machen können, aber danach stand mir momentan einfach nicht der Sinn. Ich musste erst mal nachsehen, ob Lucifer mir schon geschrieben hatte! Mein Herz klopfte ziemlich heftig und meine Finger zitterten leicht, als ich den WhatsApp-Button auf meinem Handybildschirm berührte. Tatsächlich! Eine ungelesene Nachricht von Unbekannter Nummer. Mein Herz machte einen Hüpfer. Das musste er sein! Und ja – er war es. Die Nachricht war von ihm! Er bedankte sich für den Brief und den schönen Nachmittag. Lächelnd las ich die Zeilen wieder und wieder durch.

Oh Gott, ich war verliebt! Schrecklich, schrecklich verliebt! Kichernd ließ ich mich auf meine Matratze fallen, ganz atemlos vor Glück. Ich hatte immer geglaubt, diese „Verliebte-Mädchen-Reaktionen" in Büchern seien einfach übertriebener Kitsch. Aber nein. Ich hätte es mir nicht träumen lassen, dass ich mich je so fühlen würde. So… leicht. So befreit. So unglaublich wunderbar. Himmelherrgott, Elizabeth, komm zu dir! rief ich mich energisch zur

Ordnung. Aber ich wollte und konnte nicht runterkommen von dieser herrlichen Wolke 7.

Ich lag einige Augenblicke so da, einfach grinsend und glücklich. Doch dann riss ich mich zusammen und tippte eine Antwort für Lucifer. Am Ende der Nachricht zögerte ich. Sollte ich hinter „LG, Liz" noch einen Herz-Emoji setzen? Ich überlegte hin und her, ließ es letzten Endes aber sein. Lucifer sollte nicht denken, dass ich so eine total überdrehte, hysterische Liebestrulla war. Obwohl ich mich, genaugenommen, momentan so fühlte. Nachdem ich noch einige Minuten stumm auf den noch sehr kurzen Chat gestarrt hatte, stand ich seufzend auf und setzte mich an den Schreibtisch. Die Hausaufgaben machten sich nicht von alleine. Leider.

Ich quälte mich durch Rechenblätter und einen Aufsatz für Französisch. Dann stoppelte ich noch schnell etwas über die Gründe der globalen Erwärmung zusammen und warf schließlich aufatmend den Stift beiseite. Meine Uhr an der Wand zeigte bereits halb sieben. Der Tag war also schon so gut wie vorbei. Ich seufzte. Da vibrierte mein Handy und ich sprang wie von der Tarantel gestochen auf. Es waren zwei Nachrichten. Die erste war von Kat, die wissen wollte, wann wir uns zum Kleidershoppen treffen wollten. Die zweite war von Lucifer. Mit einem freudigen Ziehen in der Magengegend öffnete ich sie. Und dann hätte ich beinahe mein Handy fallen gelassen. Oder wäre in Ohnmacht gefallen. Oder beides. Denn er schrieb, wirklich und wahrhaftig: *Gehst du mit mir zum Frühlingsball?* Einige Sekunden schaute ich auf die Nachricht, in der festen Überzeugung, dass ich Teil eines Traums war. Oder eines Kitschromans. Das hatte er nicht im Ernst gefragt. Meine Gedanken fuhren Karussell, mein Magen fuhr Achterbahn. Doch dann hatte ich mich wieder einigermaßen unter Kontrolle und tippte schnell ein „Ja, sehr gerne!" und tippte dann auf Kats Nummer. Das musste ich ihr erzählen. Sofort. Eine halbe Stunde später war Kat auf dem neusten Stand der Dinge und vollkommen aus dem Häuschen. Während unseres Telefonats hatte sie bestimmt zehnmal „Irre!" gesagt und mindestens doppelt so oft „Das gibt's nicht!" Und natürlich hatte sie mich mit Fragen bombardiert. Erst als ich ihr zum dritten Mal klargemacht hatte, dass Lucifer und ich nicht zusammen waren – noch nicht – hatte sie Ruhe gegeben. Zum Abschluss des Gesprächs hatten wir uns noch für den nächsten Tag zum Shoppen verabredet, dann konnten wir beide guten Gewissens auflegen.

Um ehrlich zu sein war ich mittlerweile auch ganz schön hungrig. Und dem Klappern im Erdgeschoss nach zu urteilen war Mum bereits am Kochen. Ich schlenderte also die Treppe hinunter und betrat die Küche. Auf dem Herd blubberte eine Tomatensoße vor sich hin, Nudelwasser kochte im Topf daneben. Das Klappern war von Mum verursacht worden, die gerade den Geschirrspüler ausräumte. Als sie mich bemerkte, legte sie das Abtrockentuch beiseite und wuschelte mir durchs Haar. „Na, Mäuschen, wie war dein Tag?" „Gut!", antwortete ich, während ich mich an ihr vorbeischlängelte und einen Finger in die Soße stippte. Gut! Das war eine himmelweite Untertreibung. Absolut wunderbar traf es schon eher. Unter Mums tadelndem Blick probierte ich die Soße. „Lecker!", fand ich. „Kann ich noch was helfen?" Meine Mutter nickte und deutete auf das Geschirr, das bereits auf der Anrichte stand. Ich nahm die Teller und das Besteck und deckte rasch den Tisch. Mit einem Blick auf die Nudelpackungen fragte ich: „Können die schon ins Wasser?" Mum nickte und ich schüttete die Nudeln in den Topf. Dann half ich noch schnell mit dem Geschirrspüler.

Als wir fertig waren, ließ ich mich auf die Bank plumpsen. Mum auf ihren Stuhl. Sie legte den Kopf in den Nacken und rieb sich über die Augen. Erneut stellte ich fest, dass sie ungewöhnlich müde und erschöpft wirkte. Da schrillte der Küchenwecker. Beinahe gleichzeitig kam Julia in die Küche. Mum lachte. „Sag mal, riechst du, wann es Essen gibt, oder wie?" Julia grinste. „Weibliche Intuition!" Sie nahm die Tomatensoße vom Herd, meine Mutter schüttete die Nudeln ab. Mit riesigem Hunger begann ich, die Nudeln in mich hineinzuschaufeln. „Schmeckt gut", sagte ich mit vollem Mund, wofür ich mir wieder einen strafenden Blick meiner Mutter einfing. Ich kicherte in mich hinein.

Nach dem Essen setzte ich mich noch ein wenig ins Wohnzimmer, bevor ich um halb zehn dann ins Bett gehen musste. Nachdenklich starrte ich an die Decke. Dachte an die vergangenen beiden Tage. Ein Lächeln stahl sich auf mein Gesicht. Ich wurde echt vom Glück beschenkt im Moment. Meine Gedanken wanderten zu Lucifer. Und zu dem bevorstehenden Frühlingsball mit ihm. Ja, dachte ich während ich mich auf die Seite drehte, dass würde spannend werden mit uns in der nächsten Zeit!

„Lizzy! Du siehst aus wie eine Prinzessin!" Kat schlug verzückt die Hände ans Herz. Ich fühlte mich auch so. Lachend drehte ich mich um mich selbst. Das meergrüne, wadenlange Kleid schmiegte sich angenehm an meinen Körper. Der Rock umspielte meine Beine, der obere Teil brachte meine Kurven ziemlich vorteilhaft zur Geltung. Es wirkte in der Tat so, als sei dieses Kleid für mich gemacht. Ich strahlte Kat an. „Kat, jetzt lenk den Fokus nicht auf mich! Du siehst auch echt klasse aus!" Das tat sie. Das kirschrote, relativ kurze Kleid bildete einen reizvollen Kontrast zu ihren dunkelbraunen, fast schwarzen Haaren. Die braunen Augen wirkten in ihrem blassen Gesicht geheimnisvoll und warm, die knallrot geschminkten Lippen waren ein echter Eyecatcher. Sie hatte die Haare zu zwei französischen Zöpfen geflochten und strahlte wie ein Honigkuchenpferd.

„Michael wird glatt in Ohnmacht fallen, wenn er dich sieht", sagte ich kichernd. „Oh, und Lucifer erst!", meinte Kat übermütig, während sie mich eifrig umrundete. Sie bestand darauf, mir die Haare zu Locken zu drehen. Also setzte ich mich auf meinen Hocker und gab Kat mein Glätteisen. Dass meine beste Freundin ein echtes Händchen für sowas hatte zeigte sich mal wieder, als sie meine Haare innerhalb einer Viertelstunde in eine Frisur verwandelte. Dann pinselte sie noch ein wenig in meinem Gesicht herum und nickte schließlich zufrieden. „Okay, du kannst gucken." Ich stand auf und ging zu dem kleinen Spiegel, der an meiner Wand befestigt war. Ich sah hinein und erschrak. Das war nicht wirklich ich! Da ich bekanntlich keine Zwillingsschwester hatte, musste ich es jedoch sein. Überwältigt drehte ich mich zu Kat um. „Katherine Roberts, du bist eine Künstlerin!" Ich drehte mich wieder um und bewunderte mein Gesicht von allen Seiten. Die Haare fielen mir jetzt in weichen Locken auf die Schultern, der farblich aufs Kleid abgestimmte Lidschatten brachte das Blau meiner Augen zum Leuchten. Ich umarmte die Schöpferin dieses Kunstwerks. „Vielen, vielen Dank!", sagte ich. Kat lächelte nur. „Kein Ding. Aber wir müssen langsam los, sonst sind Lucifer und Michael am Ende weg." Das sah auch ich ein, also zupfte ich nochmal das Kleid zurecht und folgte dann Kat aus der Wohnung.

Normalerweise wären wir sicher Bus gefahren, aber mit unseren doch recht auffälligen Kleidern musste das nicht unbedingt sein. Also liefen wir die fünf Stationen zur Schule. Die man im Übrigen früher hören als sehen konnte. Schon zwei Straßen weiter hörte man gedämpfte Partymusik. Man konnte die aufgeladene, gut gelaunte Atmosphäre regelrecht spüren und sie war ansteckend. Kat und ich waren immerzu am Grinsen und unser Gang wurde immer federnder. Vor der Turnhalle warteten Michael und Lucifer. Beide sahen sehr schön aus mit ihren Anzügen und Krawatten. Ich begrüßte Michael, Kats Freund, mit einem Lächeln und Nicken, wandte meine Aufmerksamkeit dann aber auf Lucifer. Er sah ja sogar in dieser bescheuerten Schuluniform gut aus, und erst im Anzug! Ich war hin und weg. Und, als hätte er geahnt, dass mein Kleid diese Farbe haben würde, trug er eine grüne Krawatte. Das passte wunderbar zu seinen knallgrünen Augen.

Dazu hatte er ein charmantes, breites Lächeln aufgesetzt. Ich konnte meine Augen gar nicht von ihm lösen.

Doch er ließ der Situation gar keine Zeit, peinlich zu werden, indem er mir galant den Arm bot. Ich musste lachen und nahm das Angebot an. Michael machte es Lucifer nach und auch Kat nahm den dargebotenen Arm entgegen. Dann betraten wir die Turnhalle.

Der erste Anblick war ein kleiner Schock. Oder auch ein großer. Die Halle, in der wir sonst Volleyball oder Völkerball spielten, war nicht mehr wiederzuerkennen. Am einen Ende war eine Bühne aufgebaut worden, auf der die Abi Band bereits ordentlich Musik machte. An die rechte Seite war ein Buffet gestellt. Aber am auffälligsten waren die Massen von Schülern. Das sonstige, blau-gelbe Gewusel schien in einen Farbtopf gefallen zu sein: Kleider in allen Farben des Regenbogens und selbst in solchen, die auch der Regenbogen noch nie gesehen hatte. Und die Stimmung war so laut und ausgelassen, wie selten in dieser Halle. Alle, egal ob sie alleine oder in Begleitung gekommen waren, schienen versessen darauf, zu feiern und Spaß zu haben. Und das war ich ehrlich gesagt auch.

Julia hatte ihre Ankündigung wahr gemacht und war nicht gekommen. Ich musste grinsen. Oh, was sie verpasste! Die Band spielte einen schnellen Song und Lucifer fragte, immer noch lächelnd: „Gibst du mir die Ehre, Elizabeth?" Ich lachte und nahm seine ausgestreckte Hand entgegen. „Nur zu gerne!" Er führte mich auf die Tanzfläche und sagte mit einer leichten Verbeugung: „Bevorzugen Madame Tänze der lateinischen Art, oder des Standards?" Ich grinste amüsiert und antwortete: „Oh, da legen Madame sich nicht so genau fest. Nee, mal im Ernst, lass uns einfach Spaß haben!" „Ganz wie du willst", grinste meine Begleitung und fasste meine Hände. Anfangs waren wir beide ziemlich steif, aber als wir bemerkte, wie ausgelassen alle um uns herum waren, wurden auch wir allmählich lockerer.

Drei Lieder hindurch tanzten wir, dann meinte ich keuchend: „Halt – warte! Ich kann nicht mehr! Lass uns eine Pause machen, ja?" Lucifer nickte. Auch er war ziemlich außer Atem. Also schlenderten wir zu der Cocktailbar. Ich entschied mich für einen alkoholfreien Cocktail, mit Alkohol waren mein Erfahrungen nicht so gut. Außerdem wollte ich keine betrunkene Tussi werden. Lucifer und ich setzen uns auf die Barhocker der Cafeteria, um wieder zu Atem zu kommen. Dann tranken wir unsere Cocktails und plauderten ein wenig.

Nachdem unsere Gläser geleert waren, blieben wir noch ein bisschen sitzen. Doch dann wurde ein langsamer, ruhiger Song gespielt und Lucifer stand auf. „Darf ich bitten?" Ich nickte und folgte ihm auf die Tanzfläche. Dort reichte ich ihm meine Hände, doch er legte stattdessen die Hände an meine Taille. „Elizabeth…" Er sah mich aus diesen wunderhübschen Augen lange und intensiv an. Ein angenehmer, armer Schauer rieselte über meinen Rücken. Ich konnte nichts tun, als ihn stumm anzustarren. Ein liebevolles Lächeln umspielte seine Lippen, als er weitersprach: „Elizabeth, ich habe mich in dich verliebt." Ich glaubte, mich verhört zu haben. Verliebt? In mich?? Das konnte einfach nicht sein! Ein Kribbeln machte sich in meinem Bauch breit und ich begann zu lächeln. „Ich mich auch, glaube ich", hauchte ich leise. Er strahlte mich an und hob eine Hand. Vorsichtig ließ er seine Hand durch mein Haar gleiten, der Handrücken strich über meine Wange. Ich hielt die Luft an und schaute ihm tief in die Augen. Sein Gesicht kam langsam näher, ich spürte seinen warmen Atem auf meinen Wangen. Sanft legte er den Arm um meinen Rücken, dann lagen seine Lippen auf meinen.

Der Kuss dauerte einige Sekunden, und als wir uns wieder lösten war ich total atemlos. Ein Kribbeln wie von tausend Ameisen tobte in meiner Magengegend. Lucifer kam ganz nahe an mein Ohr, als er fragte: „Willst du mit mir zusammen sein?" Ich schnappte nach Luft und glotzte ihn an. Doch schon nach einigen Augenblicken wich das Entsetzen unbändiger Freude. Normalerweise galt ich nicht gerade als spontan, doch ich hatte einfach das Gefühl, das richtige zu tun. Ich konnte nichts sagen, nickte bloß mit glühendem Gesicht und strahlenden Augen. Da zog er mich in die Arme. Er, Lucifer. Mein Freund. Meiner! Selbst in meinem Kopf klang dieses Wort unglaublich unheimlich, aber auch total toll.

Wir tanzten beinahe die ganze Nacht, machen nur ab und zu eine Pause, um etwas zu trinken oder zu essen. Ab und an redeten wir einige Worte mit anderen Ballgästen. Doch den größten Teil des Abends verbrachten wir mit Tanzen.

Um halb zwölf wurde dann aber das letzte Lied gespielt, die Band bekam einen tosenden Applaus. Dann verabschiedeten sich alle voneinander und die Menge löste sich langsam auf. „Tschüss, Lucifer. Sehen wir uns morgen?" Er nickte und drückte mir noch einen flüchtigen Kuss auf die Wange. Da kam auch schon Kat auf mich zu gerannt. Ihre Wangen glühten und sie schien von innen heraus zu strahlen. Das Lächeln auf ihrem Gesicht war nahezu überirdisch. „Liz! Wie war dein Abend?" Ich öffnete den Mund, doch sie fiel mir erst mal um den Hals. Dann konnte ich reden. „Ohhhh", meinte ich mit geschlossenen Augen, „Ich weiß gar nicht, wo ich anfangen soll!" Dann erzählte ich. Als ich an der Stelle mit dem Kuss angekommen war, quiekte Kat entzück auf. Ich musste ihr jedes noch so kleine Detail erzählen, und als sie herausfand, dass Lucifer und ich jetzt ein Paar waren, flippte sie vollends aus. Sie bestürmte mich mit Glückwünschen und mit mindestens genau so vielen Fragen.

Erst vor meiner Haustür konnte ich sie lachend abwürgen. Wir verabschiedeten uns, beide bester Laune. Ja, gute Laune war wirklich untertrieben: Ich fühlte mich absolut, total, mega perfekt. Ich wollte schon ein überschwängliches Hallo in den Flur rufen, da fiel mir ein, dass es ja mitten in der Nacht war. Also ging ich so leise wie möglich nach oben und schälte mich aus dem wunderhübschen Kleid. Sorgfältig hängte ich es in den Kleiderschrank und schminkte mich ordentlich ab. Doch um Kats Wunderfrisur tat es mir leid. Also ließ ich sie, wie sie war und zog mich um. Dann schlüpfte ich in mein Bett und starrte an die Decke. Ich war noch hell wach. Und einfach aufgedreht. Lucifer! Meine Gedanken kreisten unaufhörlich um ihn. Um jedes, seiner Worte. Ich musste lächeln. Aber dann siegte doch die Müdigkeit und ich schlief endlich ein.

Als am nächsten Morgen der Wecker klingelte war ich, entgegen meiner Gewohnheit, sofort auf den Beinen. Die übliche Morgenmüdigkeit war scheinbar einfach übersprungen worden. Oder es war ein Nachhall des Adrenalins, welches mein Körper in der letzten Nacht ausgeschüttet hatte. Ich war (mal wieder) blendend gelaunt.

Wie sich herausstellte war ich da aber die Einzige. Julia war morgens ja immer muffelig, aber heute war es extrem. Unter ihren Augen lagen Schatten und sie machte ein Gesicht wie drei Tage Regenwetter. Und mein Guten Morgen erwiderte sie mal wieder nicht. Selbst meine Mum, die sich sonst wenigstens zu einem Lächeln aufraffte, hob bloß kurz die Hand. Sie sah aus, als habe sie die halbe Nacht nicht geschlafen. Oder die ganze. Also richtete ich mich nach ihrem Beispiel und frühstückte schweigend.

Normalerweise wäre ich von dem abweisenden Verhalten vielleicht beleidigt gewesen, aber der Gedanke an Lucifer ließ keinen Platz für Enttäuschung oder so. Zumal es ja jeden Morgen recht schweigsam zuging. Als es schon fast halb sieben war, also eigentlich recht spät, und ich schon an der Tür stand, meinte Julia plötzlich: „Mir ist nicht gut. Kann ich zuhause bleiben?" Ich trat in die Küche, wo meine Schwester noch immer auf ihrem Platz saß. „Jul", meinte ich und trat von einem Fuß auf den anderen, „wir verpassen den Bus." „Mir ist nicht gut", wiederholte Julia, ohne mich anzusehen. Stattdessen schaute sie zu Mum, die sich nachdenklich den Kopf rieb. „Julia... das ist jetzt ein bisschen kurzfristig. Was hast du denn?" „Kopfschmerzen", antwortete Julia. Ich meinte eine Spur von Trotz in ihrer Stimme zu hören. „Schlimm?" „Es geht."

„Okay, Schatz, wir schließen einen Deal, einverstanden?"
Sie wartete bis Julia widerwillig genickt hatte, dann fuhr
sie fort: „Du gehst in die Schule, aber wenn es schlimmer
wird rufst du an und ich hole dich, ja?" „Du musst doch
arbeiten", schaltete ich mich ein. Meine Mutter schüttelte
den Kopf: „Ich hab heute frei." Julia dachte kurz nach,
dann seufzte sie ergeben. „Na schön. Und jetzt los, Liz, wir
verpassen sonst den Bus!" Sie eilte in den Flur und ich
schaute ihr perplex hinterher. „Was du nicht sagst", murmelte ich, dann folgte ich ihr aus der Küche.

Als Julia sich endlich angezogen hatte, war es schon
zehn vor sieben, was zur Folge hatte, dass wir den Weg
zur Bushaltestelle rennen mussten. Als wir schließlich mit
rasselndem Atem und tierischen Seitenstechen ankamen,
bog gerade die 275 um die Ecke. „Puh, geschafft!", presste
ich zwischen heftigen Atemstößen hervor und fächelte mir
mit der Hand Luft zu.

Mit einem Zischen kam der Bus zum Stehen und die Türen glitten auf. Es war ziemlich voll, aber meiner Schwester und mir gelang es, uns nach hinten auf einen Zweier-
sitz durchzuquetschen. Nachdem wir uns mit unseren
Rucksäcken arrangiert hatten, brach Julia das anhaltende
Schweigen: „Du bist jetzt also mit Lucifer Thorne zusammen?" Ich stieß ihr erschrocken den Ellenbogen in die
Rippen. „Pscht! Das muss doch nicht gleich ganz London
wissen!", zischte ich. „Woher weißt *du* das überhaupt?"
„Also stimmt es", stellte Julia fest, ohne auf meine Fragen
einzugehen. „Ja, mein Gott. Aber wer hat es dir gesagt??"
Ich ließ nicht locker. Julia zuckte die Schultern. „Melly war

da, sie hat euch gesehen. Ihr habt euch geküsst, das sagt ja wohl alles."

Ich schlug mir die Hand vor die Stirn. Ich war aber auch dämlich! Natürlich, Melanie Smith war für Julia in etwa das, was Kat für mich war. Und wenn sie Lucifer und mich beobachtet hatte, hatte sie das logisch sofort brühwarm weitergegeben, schneller als ein Newsticker. Und mal ehrlich – hätte ich Jul mit einem Jungen gesehen, wäre Kat die Erste, die es wüsste.

Ich schielte zu meiner Schwester, die eisern schwieg. Sie starrte verbissen aus dem Fenster und plötzlich wurde mir so einiges klar, denn ich kannte diesen Gesichtsausdruck. Bevor Kat und Michael zusammen gekommen waren hatte Michael etwas mit Luna Roberts aus der 9f gehabt. Und als Kat, die schon damals für Michael schwärmte, das erfahren hatte, hatte sie fast genauso geguckt. Ich stupste Julia an. „Jul, du bist eifersüchtig." Das war keine Frage, das war eine Feststellung. Julia fuhr schneller herum als der Schall. „So ein Blödsinn!", rief sie. Ich schubste sie erneut, aber vermutlich wusste der ganze Bus bereits, dass Julia etwas blödsinnig fand. Eine ältere Dame schaute uns pikiert an.

„Gar kein Blödsinn", erwiderte ich flüsternd. Aber Julia zog es vor, mich zu ignorieren. Sie tat so, als ob das Sitzpolster etwas sehr Interessantes aufzuweisen hätte. Ich seufzte und schaute meinerseits aus dem Fenster. Da tauchte das Schulgebäude auf, was mich mit einer gewissen Erleichterung füllte. Die sofort wieder verschwand, als mir klar wurde, dass wir jetzt Englisch hatten. Und ich schrieb eine Arbeit.

Erst im Nachhinein fiel mir auf, das Mum mir gar kein Glück gewünscht hatte. Das vergaß sie sonst nie. Aber vermutlich hatte sie einen plausiblen Grund. Zumal Mütter ja nicht die Verpflichtung hatten, ihren Kindern Glück zu wünschen.

Einen plausiblen Grund hatte Mum allerdings. Aber das wusste ich da noch nicht. Und das war auch gut so, denn wenn ich es gewusst hätte, hätte ich die Arbeit auch mit allem Glück der Welt versaut.

Etwa eine Stunde später las ich mit ermüdeten Augen noch einmal den Text auf dem linierten Blockblatt durch, das ich in der Hand hielt. Dann nickte ich kurz, legte es zu dem eng beschriebenen Aufgabenblatt, nahm beide und stand auf. Auf dem Weg zum Lehrerpult musste ich mich zwischen den Tischen etlicher Schüler hindurch schlängeln. Ich gab dem Lehrer die Arbeit ab. Er schaute erst auf die Blätter, die ich beide mit meinem Namen versehen hatte, dann in mein Gesicht. „Alles noch mal überprüft?", fragte er mit seiner typischen Lehrerstimme. Ich nickte und gab mir die größte Mühe, um nicht die Augen zu rollen. Die Gesichtszüge meines Englisch – und Klassenlehrers wurden eine Spur weicher. „Na, dann hoffen wir mal das Beste. Wäre doch ein schöner Abschluss..."

Auf dem Weg zurück zu meinem Platz rätselte ich, was er wohl damit gemeint hatte. Abschluss? Von was? Englisch? Das behielt ich doch meines Wissens nach, oder? (Ich hätte auch nichts dagegen, wenn es entfallen würde, echt!) Während ich noch grübelte, traf mich ein Papierball im Rücken. Ich fuhr herum. Kat, natürlich. Sie machte ein fragendes Gesicht und reckte den Daumen erst nach oben, dann zur Seite und schließlich nach unten. Ich hob den Daumen in die Mitte zwischen oben und Seite. Das war Kats und meine persönliche Sprache, um uns mitzuteilen, dass die Arbeit ganz gut gelaufen war. Kat nickte zufrieden und begann eifrig auf ein Papier zu kritzeln. Ich musste lächeln. Kat war echt die beste, tollte, verrückteste Freundin der Welt.

Etwa eine Minute später landete der Zettel in Form eines winzigen Papierfliegers auf meinem Tisch. Ich entfaltete in und las die hastig hingeworfenen Worte in der unverkennbaren Handschrift meiner Freundin: *Hast du L. heute schon gesehen??* Ich verdrehte die Augen und schüttelte in Kats Richtung den Kopf. Sie tat entsetzt und schlug die Hände an die Wangen. Meine Lippen formten die Worte *Wann denn?* Kat grinste mir zu. Sie wollte gerade einen neuen Zettel anfangen, da meldete sich unser Lehrer zu Wort: „Elizabeth und Katherine! In fünf Minuten ist Pause. So lange haltet ihr es wohl noch aus, oder?" Er klang nicht besonders ärgerlich. Für einen Lehrer war er wirklich erstaunlich nett. „Entschuldigung", flüsterte ich. Er zwinkerte, dann wandte er sich zur Tafel um.

„So, dann kommt mal zum Ende", verkündete er, während er die Hausaufgabe anschrieb. Während die Schüler nach und nach zum Pult tröpfelten und ihre Arbeiten abgaben packte ich schon mal mein Zeug ein. Ich wollte in der Pause unbedingt Lucifer sehen. Mit dem Klingeln trat ich aus der Tür. Selbst Kat, die sonst immer die Schnellste war, brauchte einige Schritte, um mich einzuholen.

„Mensch warte doch!", empörte sie sich. Seite an Seite traten wir auf den Schulhof.

Einige Schülergrüppchen standen verteilt herum, Fünftklässler spielten „Himmel & Hölle" und solche Dinge. Andere hockten an den Holztischen auf der rechten Seite, lernten oder machten sich über ihr Sandwich her. Und dann sah ich ihn. Ein leiser Freudenlaut entfuhr mir und ich winkte ihm, zugegeben, relativ uncool, strahlend zu. Lucifer löste sich von dem Pfosten, an dem er gelehnt hatte, und kam lächelnd auf mich zu. „Hey, Liz", meinte er leise. Ich grinste ihn an. „Hey." Dann standen wir eine Weile peinlich berührt da. Was sollten wir denn machen, mitten auf dem Schulhof? Uns anstarren wie Fremde war genau so blöd wie sich stürmisch umarmen.

Eine Schülermasse trat aus dem Gebäude, einige starrten uns neugierig an. Mir war klar, dass es absolut bescheuert aussehen musste wie wir hier standen: Wie ein Schauspiel-Liebespärchen, das den Text vergessen hatte. Auch Lucifer schien das zu bemerken. Wir mussten handeln. Entweder, wir gingen auseinander und taten normal, oder... „Was meinst du?", wollte Lucifer leise wissen. Ich warf einen Blick auf die Schüler. Und plötzlich wollte ich, dass sie wussten... „Okay", flüsterte ich. Ein Grinsen breitete sich über sein Gesicht aus, als er einen Arm um mich legte. „Also gut", murmelte er.

Und dann gab er mir einen Kuss. Es war wundervoll. Er war länger als der gestrige, aber nicht weniger schön. Als wir uns lösten, waren meine Wangen leicht gerötet und auch Lucifers hatte ein bisschen rosa aufzuweisen. Ich riskierte einen Blick auf die Leute, die um uns herumstanden. Einige von ihnen grinsten oder hielten eine Hand vor den Mund. Manche tuschelten. Aber die meisten starrten einfach nur ungläubig. Ich konnte nicht anders und musste Lucifer ein verschwörerisches Grinsen schenken. Er lachte und zwinkerte. Oh Gott, dass würde ja mal sowas von der beste Frühling und Sommer der Welt werden! Ein Blick in Lucifers Augen reichte, um mir das zu sagen.

„Mensch, Jul, jetzt hör auf zu schmollen!" Vollkommen entnervt raufte ich mir die Haare. Seit einer Viertelstunde schon versuchte ich Julia zu beruhigen. Obwohl ich genau genommen nicht mal wusste, warum. Ich meine, hallo? Ich durfte doch wohl mit dem zusammen sein, mit dem ich wollte? Aber Julia schmollte, als habe ich ihr den Freund ausgespannt. Kopfschüttelnd lehnte ich mich in meinem Sitz zurück und musste mich kurz darauf an der grauen Haltestange festklammern, als der Bus sich höchst abenteuerlich in eine Kurve legte. Er gab Gas, bremste dann und fuhr so rasant in die nächste Kurve, dass ich glatt in Julias Schoß geschleudert wurde. Sie stieß mich von sich als habe ich eine ansteckende Krankheit.

„Himmel, wo hat dieser Typ denn fahren gelernt?", murmelte ich während ich mich aufrappelte. Jul verzog den Mund, schwieg jedoch. Ich wollte gerade zu einer erneuten Predigt ansetzen, entschied dann aber, dass das wenig Sinn gehabt hätte. Also seufzte ich nur und zog mein Handy aus der Tasche. Aber ich hatte keine neue Nachricht. Insgeheim war ich enttäuscht. Aber Lucifer selbst schreiben... nein, zu früh, entschied ich. Und wir waren ohnehin da. Mit quietschenden Bremsen hielt der

Bus an uns spuckte uns aus. Ich wartete auf Julia, doch kaum, dass ihre Füße den Asphalt berührten ging sie mit so forschen Schritten los, dass ich mich fragte, ob sie gerne den nächsten Marathon gewinnen wollte. Die ersten paar Schritte versuchte ich noch, mitzuhalten, aber dann ließ mich zurückfallen. Ich war doch nicht dämlich! Resultat war, dass Julia schon ihren Mantel an die Garderobe hängte und die Schuhe im Regal verstaute, als ich gemütlich herein geschlendert kam. Sie warf mir einen verachtenden Blick zu und rauschte in ihr Zimmer. Ich konnte ein ungläubiges Lachen kaum unterdrücken. Also echt, das war ja wie im Kindergarten! Aber ich würde mir nicht die Stimmung verderben lassen, schon gar nicht von meiner Schwester. Ich kickte die Schuhe ins Regal und sprang dann mit wenigen Sätzen die Treppe hoch. Sie knarzte laut, aber das störte nicht weiter. Ich ging in mein Zimmer und setzte mich auf mein Bett und war rundum glücklich und zufrieden mit der Welt. Ich war sicher, dass alles perfekt war und sein würde. Tja, wie sehr man sich doch täuschen konnte...

Alles vorbei?

„So, jetzt mal Ruhe." Mr. Thomas, mein Klassenlehrer betrat den Klassenraum. Ein abgrundtiefes Stöhnen begleitete ihn, denn er trug eine dicke graue Mappe bei sich. Sie war über und über mit Post-it-Zetteln beklebt. Dort, wo eine freie Stelle war, konnte man einen roten Smiley, der auf der Mappe war, durchblitzen sehen. Und dass er diese Mappe bei sich trug konnte nur eins bedeuten: Die Rückgabe der Englischarbeiten stand bevor. Augenblicklich begannen alle, auch ich, unbehaglich auf ihren Stühlen herumzurutschen.

Mr. Thomas beugte sich über den Ordner und nahm einen Stapel Papier heraus. „Ich freue mich auch, euch zu sehen", meinte er. Ich konnte an seiner Stimme hören, dass er lächelte. Dann richtete er sich auf und blickte uns alle der Reihe nach an. „So." Er stellte die Arbeiten mit der unteren Kante aufs Pult, dann ließ er sie umkippen. Ein einzelnes Blatt segelte herunter, doch noch ehe irgendwer auch nur pieps sagen konnte hatte unser Lehrer es schon wieder aufgehoben. Man sah es ihm nicht direkt an, aber er war unglaublich sportlich und flink. Er war so ein typischer Lehrer, der einen bei den Bundesjugendspielen lauthals anfeuerte, neben den Läufern herlief oder dem ein oder anderen Fünftklässler den Kniff beim Weitwurf zeigte. Er war etwas eigen, aber ich mochte ihn sehr.

Jetzt räusperte er sich vernehmbar. „Ein paar Worte zur Arbeit, ehe ihr sie wieder bekommt." Was dann folgte war eine typische Arbeitenbesprechung. Er schrieb die wichtigsten Lösungen an die Tafel und versetzte uns damit in Panik. Denn natürlich konnte sich keiner erinnern, auch nur eine dieser Lösungen eingetragen zu haben. Bei den häufigsten Fehlern, die unser Lehrer als nächstes aufzählte, hingegen war sich jeder zu hundert Prozent sicher, mindestens tausend davon gemacht zu haben.

„Okay", sagte Mr. Thomas und griff nach dem Arbeitenstapel. „Die Arbeit ist im Großen und Ganzen recht gut. Allerdings muss ich einige – und die werden wissen, wen ich meine – ausdrücklich ermahnen. Es ist meine Aufgabe, euch in die Zehn zu versetzen und bei Manchen dürfte sich das schwierig gestalten." Er begann, die Arbeiten auszuteilen. Ich war unheimlich nervös. Hatte Mr. Thomas mich da nicht gerade angeschaut? Kat und ich tauschten einen besorgten Blick.

Der Lehrer trat an unseren Tisch und legte vor Kat einen Zettel auf den Tisch. Sie drehte ihn um und stieß scharf die Luft aus. „B plus!", rief sie erleichtert. Ich klopfe ihr die Schulter und konnte sogar kurz grinsen. Doch dann kam Mr. Thomas erneut zu uns und diesmal war ich an der Reihe. Mit angehaltenem Atem drehte ich das Blatt um. Ich schaute den rot umrandeten Buchstaben an. Dann kniff ich die Augen ganz fest zu und öffnete sie wieder. Aber das Bild hatte sich nicht wesentlich verändert. „Das kann doch nicht…" „Ein A? A?" Kat riss mir das Blatt aus der Hand und studierte es sorgfältig.

Ich verbrachte die Zwischenzeit damit, ungläubig auf meine Tischplatte zu starren. Ich konnte es einfach nicht fassen. Ein A… meine Güte! Den Rest des Tages verbrachte ich wie im Traum. Als es schließlich zum Ende der letzten Stunde läutete liefen Kat und ich, um noch den frühen Bus zu bekommen. Schließlich standen wir, ziemlich verrenkt wie Sardinen in der Büchse, neben dem Ausgang. Wir redeten Ewigkeiten über die Englischarbeit und eigentlich auch über jedes andere Thema, das wir nicht schon in den letzten Tagen diskutiert hatten. Schließlich musste ich aussteigen, Kat fuhr noch eine Station weiter. „Bis dann, Lizzy!", sagte sie und umarmte mich ungeschickt. Ich boxte sie, lächelte aber. Kat war eben anhänglich.

Ich stieg aus dem Bus und machte mich auf nach Hause. Dort angekommen wollte ich mit Schwung meiner Mum, die auch heute frei hatte, die Nachricht verkünden, da fiel mir auf, dass sie und Julia bereits am Esstisch saßen. Und vergnügt sahen sie ganz sicher nicht aus. Eher so, als sei gerade jemand gestorben. Langsam ließ ich die Schultasche auf den Boden gleiten und setzte mich an meinen Platz. „Was ist denn hier los?", fragte ich schließlich, als nach einigen Minuten immer noch keiner ein Wort sagte. Meine Mutter holte tief Luft, doch Julia platzte schon heraus: „Wir ziehen aus!"

„Bitte was? Jul, ich wusste gar nicht, dass du Sinn für Humor hast!", rief ich aus. Abwartend sah ich von Mum zu Julia und wieder zurück. Ich erwartete, dass sie in Gelächter ausbrechen oder „Reingelegt!" rufen würden. Aber das taten sie nicht. Sie schauten nur betreten auf die Seite und wichen meinem Blick aus. Das Lächeln wich aus meinem Gesicht. „Das… das stimmt doch nicht etwa?", wollte ich mit tonloser Stimme wissen. Gequält sah meine Mum auf. „Doch, Liz, es stimmt leider. Ich habe vorgestern meine Kündigung bekommen. Von der Arbeit. Aber es hätte auch so nicht gereicht!", beeilte sie sich zu sagen, als ich Anstalten machte, sie zu unterbrechen. „Na ja, deswegen müssen wir hier weg. Wir können für eine Weile zu meinen Freunden, zu den Canmoores."

4„Canmoores?" Ich zermarterte mir den Kopf, woher ich diesen Namen kannte.

„Ja. Meine Freunde in Irland."

„Deine Freunde in – Moment mal, Irland?!" Ich starrte sie entgeistert an. Das war nicht ihr Ernst! Doch sie nickte nur unglücklich. Wie vor den Kopf geschlagen fasste ich mir an die Stirn. Plötzlich ergab alles Sinn. Die Nervosität, die Mum immer geplagt zu haben schien in letzter Zeit. Das müde Aussehen, die Erschöpfung. Das Telefonat, das Mum gehabt hatte, an dem Tag, an dem ich mein Date mit Lucifer gehabt hatte, …Himmel, Lucifer! Und Kat! Jetzt, gerade jetzt, wo bei mir mal alles glatt lief, sollte ich hier weg? Weg aus London, vom Mittelpunkt des Geschehens? Weg vom Treiben der Stadt in irgendein Kaff in Irland? Alles verlassen, meine Freunde, meine Klasse, die vertrauten Orte, meine Hobbys, einfach alles? Das konnte Mum nicht ernst meinen! Ich starrte sie mit einem stummen Flehen in den Augen an. Warum musste Mum ausgerechnet in Irland aufgewachsen sein und dort ihre Freunde haben? „Es tut mir leid, Schatz."

So klang sie wirklich, aber ich konnte momentan einfach kein Mitleid oder Verständnis für sie fühlen. Meine Welt war dabei, aus allen Fugen zu geraten. Ich wollte Kat sehen und Lucifer, die letzte Zeit in meinem Zuhause richtig auskosten. „Wann fahren wir?", traute ich mich schließlich

zu fragen. Mum schloss die Augen. „Übermorgen."
„Übermorgen?!" Ich konnte es nicht fassen. Übermorgen.
Mir blieben noch exakt zwei Tage. Anderthalb.

Ich spürte, wie es hinter meinen Augen brannte. Es fühlte sich an, als bräche mein gesamtes Leben über mir ein, als zerstörten sie mein gesamtes Glück. Mit zitternden Knien stand ich auf und trat in die Tür zum Flur. Im Hinausgehen drehte ich mich noch mal um. „Ach ja – ich hab ein A im Englischtest", sagte ich mit erstickter Stimme. Dann ging ich mit großen Schritten in mein Zimmer. Ich musste jetzt alleine sein. Als sich die Tür hinter mir schloss, hieb ich auf mein Kissen ein. „Das kann doch nicht wahr sein!", fluchte ich. Meine Stimme bebte.

Nachdem ich mein unschuldiges Kissen in eine Zimmerecke gepfeffert hatte, setzte ich mich auf meine Bettkante in versuchte, meine Atmung unter Kontrolle zu bekommen. Dann nahm ich mein Handy und wählte mit zitternden Fingern Kats Nummer.

Eisiger Wind pfiff mir um die Ohren. Mit einem Frösteln sah ich hoch zu dem Fenster im ersten Stock, das ehemals so warm und einladend gewirkt hatte. Die Gardienen waren daraus verschwunden, die Wärme, das Licht. Das Leben. Mein Zimmer war kahl und leer, genauso wie der Rest der Wohnung. Die Möbel waren bis auf einige Ausnahmen im Internet zum Verkauf gestellt. Bloß einige Erbstücke oder Lieblingsmöbel warteten im gemieteten Pick-Up auf eine lange Reise. Eine Reise ans andere Ende von Großbritannien.

Neben mir standen Mum und Julia. Wir alle schauten ein letztes Mal an die Hauswand, hinter der sich bis gestern noch unser Zuhause befunden hatte.

Am Schlimmsten war der Abschied in der Klasse gewesen. Mr. Thomas hatte es schon gewusst, erzählte er mir, was ich eine himmelschreiende Ungerechtigkeit fand. Ich meine, hallo, erst den Klassenlehrer informieren, dann die Kinder?! Auf einmal verstand ich, was er mit „das wäre doch ein schöner Abschluss" gemeint hatte. Wir hatten in den Englischstunden keinen Unterricht, stattdessen hatten wir Zeit, und voneinander zu verabschieden oder uns noch mal auszusprechen. Eigentlich war das alles total süß und lieb, aber jedes Mal, wenn jemand auf dem Gang oder in der Klasse meinen Arm drückte und „Ich werde dich vermissen" sagte, war ich kurz davor, loszuheulen.

Lucifer hatte ich nicht mehr gesehen, weil seine Klasse auf Klassenfahrt gefahren war. Zuerst war deswegen für mich die Welt zusammengebrochen. Doch mittlerweile dachte ich, dass es vermutlich besser so war. Wir hatten uns per WhatsApp verabschiedet und uns versprochen, dass wir uns schreiben würden. Doch das Schlimmste kam noch. Besser gesagt, es kam gerade um die Ecke gefegt. Seit ich von unserem Umzug erfahren hatte, hatte mich die Angst vor diesem Moment gequält. Mit rasselndem Atem blieb Kat vor mir stehen. Wir sahen uns einen langen Augenblick einfach nur an.

Dann konnte ich nicht mehr gegen die Tränen an. Ich zog meine beste Freundin in die Arme und vergrub mein Gesicht an ihrer Schulter. Wir hielten uns fest und weinten einfach nur. Kein „Bis dann" oder „Ich vermisse dich jetzt schon". Der Schmerz, den wir momentan beide fühlten, konnte nicht mit Worten ausgedrückt werden.

Nach einer Ewigkeit, die mir trotzdem viel zu kurz erschien, ließen wir uns los. Nachdem wir uns wieder einigermaßen im Griff hatten, nahm Kat meine Hand. „Okay, Schluss mit der Heulerei", sagte sie, was aus dem Mund eines Mädchens, das in Tränen aufgelöst ist, recht seltsam klang. Aber Kat wirkte entschlossen. „Was haben wir uns geschworen?", wollte sie wissen und klang dabei genau wie Mr. Charlston, wenn er die Formel für die Ausdehnung von Wasser unter irgendwelchen Umständen wissen wollte. Meine Gedanken wanderten zurück zu dem Tag, an dem wir uns die ewige Freundschaft versprochen hatten.

Es war schön gewesen, einer der wenigen sonnigen Londoner Tage. Wir hatten uns von unserem Taschengeld eine Fahrt auf dem London Eye gekauft. Beide hatten wir eine Cola in den Händen und am höchsten Punkt des Riesenrads hatte Kat den Schwur gesprochen…

„Egal, wie viele Kilometer zwischen uns liegen…", begann Kat. Ich musste wider Willen lächeln. „…wir werden für immer und ewig Freunde bleiben", beendeten wir gemeinsam. Kat nickte zufrieden. Dann nahm sie mich noch einmal in den Arm. Ich musste mich zusammenreißen um nicht „das letzte Mal" zu denken. Ich drückte ihr einen Kuss auf die Wange, dann schaute ich noch mal zu unserem Haus zurück. Ich lief zum Auto, stieg ein und kurbelte das Fenster runter. Als wir die Straße entlang fuhren, winkte ich Kat und sie winkte zurück, so lange, bis ich sie nicht mehr sehen konnte.

Mit einem Seufzen ließ ich mich in meinen Sitz zurückfallen und schloss die Augen. Es ging also los, ein neues Abenteuer!

„Das ist es?!" Julia war starrte entgeistert das graue Steinhaus mitten im Nirgendwo an. Auch ich musste schlucken. Hier sollten wir die nächsten Monate unseres Lebens verbringen? Missmutig stieg ich aus dem Auto und reckte erst mal all meine Glieder. Die Autofahrt hatte sich über Stunden hingezogen. Auf gefühlt jedem zweiten Highway war Stau gewesen. Aber jetzt, gegen etwa halb acht Uhr abends, hatten wir das Haus der Canmoores in einem Randort von Galway erreicht.

Meine Mum ging voran und klingelte. Ich schaute mich nervös um. Ein riesiger Garten in dem unzählige Obstbäume standen umrahmte das kleine Häuschen. Ein brauner Holzzaun zog sich um das gesamte Grundstück. Die Wege waren mit Sand ausgelegt und provisorisch mit mittelgroßen Findlingen eingegrenzt. Alles wirkte ein bisschen chaotisch und nicht wirklich nobel. Der mächtige Pick-Up in der Einfahrt passte irgendwie gar nicht ins Bild. Da schwang die Holztür auf und eine Frau mittleren Alters stand darin. „Jane!", rief sie und fiel meiner Mutter um den Hals. „Hallo! Mensch, schön dich mal wieder zu sehen!" Auch meine Mutter musste lächeln. „Hallo, Magdalene! Kinder – darf ich euch Magdalene Canmoore vorstellen?" „Hallo!", meinte Besagte und strahlte uns an. „Nennt mich doch bitte Maggie! Und kommt überhaupt erst mal rein!"

Sie lotste uns in ein kleines Wohnzimmer, wo ein Mann mit schütterem grauem Haar auf dem Sofa saß. Als er uns erblickt, erhob er sich und lächelte. „Jane, wie schön! Und die Kinder… meine Güte, sind die groß geworden!" Meiner Mum schien jetzt auch unsere Anwesenheit aufzufallen, denn die beeilte sich zu sagen: „Ach so, genau, Maggie, Arthur, das sind meine Töchter Julia und Elizabeth."

„Liz", korrigierte ich rasch. Maggie strahlte uns an und drückte uns kurz an sich. Ich musste grinsen. Maggie war wirklich herzlich, da gab es nichts.

Ich musterte sie jetzt auch ein bisschen genauer. Ihr rotblondes Haar war von grauen Strähnen durchzogen, aber sie wirkte nicht alt. Im Gegenteil, sie strotzte nur so vor Energie. Sie hatte grüne, funkelnde Augen und ein freundliches Lächeln.

Nachdem wir ein kleines Abendbrot gegessen hatten zeigte sie uns unsere Zimmer.

Sie waren wirklich… winzig. Ein Bett, ein Schrank, ein Schreibtisch. Mehr stand nicht darin. Aber alles war in schönen, warmen Farben gehalten und mit Flickenteppichen und Vorhängen verschönert. Ich kam mir vor, wie einem Puppenhaus entstiegen. Aber das war nicht schlimm, ich fand es wunderschön und gemütlich. Es gab sogar ein kleines Bücherregal und eine Nachttischlampe. „Ich glaube, hier werde ich mich nicht langweilen", meinte ich mich und wandte mich mit leuchtenden Augen zur Besitzerin dieses Hauses um.

„Aber Maggie – wie konntet ihr wissen, dass hier mal deine Freundin mit Kindern auftauchen würde?" Maggie lachte. „Elizabeth, das wusste ich nicht! Aber diese Häuser haben so viele Zimmer, dass Arthur und ich beschlossen haben, Gästezimmer daraus zu machen. Gefällt es dir?"

„Es ist anders als in England. Aber es ist wirklich schön", fand ich. Maggie lächelte, offensichtlich freute sie sich über das Kompliment.

Julia war nicht so begeistert von ihrem Zimmer, da es nur etwa halb so groß war, wie ihr altes. Aber letztendlich hatte sich auch meine Schwester mit ihrem Zimmer abgefunden und wir konnten endlich schlafen gehen.

Es war mittlerweile schon halb zehn durch, und auch wenn wir erst in einer Woche – nach den Frühjahrsferien – zur Schule mussten, sollten wir uns ausschlafen. Ich packte schnell die wichtigsten Sachen – Bettzeug, Kulturbeutel und Handy – aus, ging in das kleine Bad im oberen Stockwerk und begann, mich fertig zu machen.

Zugegeben, es könnte schlimmer sein, dachte ich, während ich meine Zähne putzte. Das könnte es wirklich. Es war zwar echt klein und in jedem Zimmer im Obergeschoss waren Dachschrägen, aber es war ja nicht für immer. Und Maggie und Arthur waren echt nett.

Nachdem ich mich an Julia vorbeigequetscht hatte (zu zweit war es in dem Mini-Bad doch echt eng) und über den Flur gelaufen war, ging ich in mein Zimmer und wollte als Erstes Kat eine Nachricht schicken. Also setzte ich mich auf das weiche Bett und schaltete mein Mobiltelefon ein. Doch kaum, dass ich mein Passwort eingegeben hatte, tauchte eine leuchtend rote Anzeige auf dem Display auf: Keine Internetverbindung. „Oh nein", murmelte ich. Um ehrlich zu sein hatte ich sowas schon befürchtet. Innerlich leise flehend klickte ich mich auf die W-LAN-Liste, aber ich wurde enttäuscht. „Kein zugängliches Netz gefunden" schrieb mir mein Handy. Nicht mal telefonieren konnte ich, weil ich sonst mein gesamtes Guthaben für die restlichen Monate aufbrauchen würde. „Das kann doch nicht wahr sein!", fluchte ich leise.

Auf einmal hatte ich Heimweh. Sollte ich mich etwa in der gesamten Zeit hier nicht mit Kat in Verbindung setzen können? Verzweifelt trommelte ich auf mein Handy ein, aber das brachte auch nichts. Seufzend legte ich es in meine Tasche zurück, zog die Decke hoch und knipste das Licht aus. Aber im Dunkeln schien das ganze Haus in Bewegung zu sein. Balken knarzten, Türangeln quietschten, irgendwo schlug ein Fenster zu. Ich konnte gar nichts sehen.

Und wenn ich gar nichts sage, dann meine ich *gar nichts*. Es war einfach komplett schwarz. Zuhause hatte ich wenigstens unter dem Türspalt immer einen Streifen Licht sehen können, aber in Irland schien das Licht anders zu funktionieren. Auch die Geräusche waren ganz anders, der Geruch, einfach alles. Ich vermisste in diesem Moment mein eigenes Zimmer und mein eigenes Bett so sehr, dass es richtig wehtat. Und noch mehr, als ich mir bewusst machte, dass ich nie wieder in dieses „eigene" Zimmer zurückkehren würde.

Und wie ich so im Dunkeln lag, wurde ich auf einmal unglaublich traurig und verzweifelt. Warum musste sowas ausgerechnet uns passieren? Warum mussten wir so verdammt weit weg von allem was wir kannten, was wir mochten? Warum musste Dad und verlassen und konnte nicht mal diese dämliche Unterstützung zahlen? Warum bekam Mum keinen erträglichen Job und warum war das Leben so verdammt unfair? Fragen wirbelten durch meinen Kopf wie ein Hurrikan und schienen mir das Herz zu sprengen. Erst, als ich einen heißen Tropfen an meiner Wange spürte, wurde mir klar, dass ich offenbar angefangen hatte zu weinen. Ein Teil von mir, der Teil, der noch halbwegs mit meinem Verstand gekoppelt war, sagte mir, ich solle mich gefälligst zusammenreißen. Aber der Rest meines Körpers widersetzte sich dieser Anordnung. Erst nach einigen Minuten wurde ich abrupt aus meinem Kummer gerissen, als es an meiner Tür klopfte. Ich holte tief und zittrig Atem, wischte mir mit dem Handrücken über das Gesicht und sagte dann so normal wie möglich: „Herein?"

Die Tür knarrte leise, als sie aufschwang. Im Türrahmen stand Maggie, das Gesicht von einer altmodischen Öllampe beleuchtet. Unter anderen Umständen wäre mir das vielleicht peinlich gewesen, immerhin trug ich einen rosafarbenen Schlafanzug, hatte zerzaustes Haar und sah vermutlich total beschissen aus, aber in diesem Moment war ich einfach nur unglaublich froh, sie zu sehen. Sie merkte auch sofort, dass etwas nicht stimmte, was angesichts meiner vollkommen verheulten Augen auch keine Kunst war. Langsam betrat sie den Raum und setzte sich auf den kleinen Hocker neben meinem Bett. „Herzchen", sagte sie leise, um die anderen nicht zu wecken, „was ist denn los? Hast du Heimweh?" Wäre es irgendwer anders gewesen, hätte ich das vermutlich abgestritten und mir irgendeine Geschichte ausgedacht. Aber irgendwie konnte ich Maggie nicht anlügen. Und ich wollte es auch gar nicht. Also nickte ich nur, um nicht wieder in Tränen auszubrechen.

Natürlich war ich nicht zum ersten Mal woanders, Übernachtungspartys waren bei Kat und mir ein Muss gewesen. Aber ich war ja nicht nur für eine Nacht bei einer Freundin. Ich war bei komplett fremden Leuten in einem komplett fremden Land für wer weiß wie lang. Maggie schien auch gar nichts Komisches daran zu finden. Sie nahm meine Hand, die auf der Bettdecke lag und sagte: „Mach dir keine Sorgen, Schatz. Das ist ganz normal. Und ich bin mir sicher, dass du in letzter Zeit viel um die Ohren hattest." „Allerdings", erwiderte ich und wischte mir die Nase ab. Nach einer Weile überwand ich mich und sagte: „Hier ist einfach alles so… anders als daheim. Und… und daheim gibt es jetzt eben gar nicht mehr. Ich musste einfach… alles zurücklassen. Meine beste Freundin, meinen Freund… alles." Maggie nickte verständnisvoll. „Das verstehe ich. Weißt du, ich bin als kleines Mädchen auch richtig weit umgezogen. Ich habe mit meinen Eltern in Luxembourg gewohnt. Aber mein Vater verließ uns und warf uns buchstäblich aus dem Haus. Da war ich sieben – meine Mutter und ich hatten fast nichts, bloß das Geld von unseren Konten. Und damit sollten wir ein neues Leben anfangen. Einfach so, aus heiterem Himmel. Dabei sollte ich endlich in die Schule kommen, ich hatte mich so gefreut. Und dann mussten wir einfach weg. Es war schrecklich."

Sie machte eine Pause, um mir die Gelegenheit zu geben, etwas zu sagen. Aber ich wollte nur, dass sie weiterredete. Man konnte ihr gut zuhören. Und irgendwie tat es gut zu wissen, dass sie verstand, wie ich mich fühlte.

Also fuhr sie fort: „Wir wussten nicht, wohin. Das Geld meiner Mutter war wenig, für ein Haus in Luxembourg oder Frankreich reichte es bei Weitem nicht. Aber dann entdeckte sie in einem Prospekt die Landschaft von Irland. Die Häuser in der Gegend hier waren erschwinglich und auch die Reise war bezahlbar. Es war der Traum meiner Mutter, dorthin zu ziehen. Weit weg von allem, was sie kannte, weit weg von meinem Dad. Für mich war es das andere Ende der Welt. Und in der ersten Nacht in Irland ging es mir ganz ähnlich, wie dir. Ich hatte schreckliches Heimweh und wollte einfach nur nach Hause. Ich war wütend auf meinen Dad. Aber nach und nach habe ich mich eingewöhnt. War in der Schule. Es war ganz anders als Luxembourg – aber es war schön. Und nach und nach wurde Irland zu meinem Zuhause. Ich wollte gar nicht mehr weg, selbst als wir vom Geld her gekonnt hätten. Und als ich siebzehn war – nur zwei Jahre älter als du! – da lernte ich deine Mum kennen. Sie wohnte hier und wir wurden schnell Freundinnen. Sie hat mir auch geholfen, als ich zum ersten Mal richtig verliebt gewesen war – in Arthur, der später mein Ehemann wurde. Was ich zu erklären versuche ist, dass ich dich verstehe. Aber du darfst dich nicht verstecken. Deine Mum und ich haben Irland immer als Insel der Träume bezeichnet, weil all meine Träume wahr geworden sind, seit ich hier war. Das muss nicht heißen, dass es bei dir genauso ist. Aber du kannst darauf hoffen." Sie beendete die Geschichte mit einem sanften Lächeln.

Ich musste das erst mal sacken lassen. Aber ich stellte fest, dass ich mich auf einmal fühlte, als habe man mir einen Teil der Schmerzen genommen. „Das ist eine schöne Geschichte, Maggie", flüsterte ich. Maggie lächelte. „Nicht wahr? Ich bin sicher, deine wird nicht minder schön, Elizabeth." „Liz", korrigierte ich reflexartig. Sofort spürte ich, wie sich meine Wangen röteten. Also wirklich, wie dämlich konnte man sein! Aber Maggie lachte nur. „Ach, Süße. Du bist schon eine Nummer für dich, wie?" Ich nickte verlegen, aber Maggie schien das nicht schlimm zu finden. Wider Willen musste ich auch lächeln. „Na siehst du", sagte Maggie zufrieden, „alles halb so schlimm. Und jetzt warte kurz, ich bin gleich wieder da." Sie stand auf und ging aus dem Zimmer. Ich schaute in den Schein der Öllampe und dachte über die Geschichte der Frau, die gerade gegangen war, nach. Wie sich sowas doch wiederholte! Doch bevor ich mich weiter in Gedanken verstricken konnte, kam Maggie schon zurück. In der einen Hand hielt sie ein Glas mit Wasser, in der anderen ein milchigbraunes Fläschchen. „Was ist das?", wollte ich wissen. „Das", erklärte Maggie, während sie einige Tropfen aus der Flasche ins Wasser träufelte, „ist Lavendel-Essenz. Ein homöopathisches Mittel. Mag ein bisschen eigen klingen, aber es hilft wirklich. Lavendel beruhigt den Körper und die Gedanken. Es ist fast wie Zauberei!"

Ich muss sagen, so hörte es sich auch an. Ein bisschen skeptisch nahm ich Maggie das Glas ab und roch vorsichtig daran. Es roch wie im Blumenladen, nur etwas intensiver. Zögerlich hob ich das Glas an die Lippen und trank einen Schluck. Die Wirkung war verblüffend. Ich merkte, wie meine Augenlider schwer wurden und die Verzweiflung in meinem Inneren nachließ. Schnell trank ich noch

einen Schluck, dann stellte ich das Glas ab. „Hilft es?",
fragte Maggie. Ich nickte nur. Auf einmal fühlte ich mich
total schläfrig, aber nicht schlecht. Es fühlte sich gut an, als
habe ich den ganzen Tag an der frischen Luft verbracht.
Maggie strich mir noch ein letztes Mal über den Kopf,
dann ging sie aus dem Zimmer. Als sie schon fast weg
war, sagte ich noch schnell: „Maggie? Danke." Ob sie es
noch hörte, wusste ich allerdings nicht. Den sowie ich den
Mund schloss, fielen mir auch schon die Augen zu.

Neue Bekanntschaften

Helles Sonnenlicht fiel durch die lindgrünen Vorhänge in mein Zimmer und beendete die Nacht für mich höchst unsanft. Noch ganz benommen und mit zusammengekniffenen Augen setzte ich mich auf. „Guten Morgen, Schatz!", hörte ich die warme, vertraute Stimme meiner Mutter. „Morgen", murmelte ich, immer noch ein bisschen schläfrig. „Sag mal, was verstehst du unter Ferien?" Mum lachte. „Liz, hast du mal auf die Uhr geschaut? Es ist schon zwanzig nach neun!" „Echt?" Zerstreut strich ich mir über die Haare. Meine Mum nickte. Dann fiel ihr Blick auf das Wasserglas auf meinem Nachttisch. „Was ist das denn? Warst du heute Nacht auf? Ich hab gar nichts gehört", meinte sie mit gerunzelter Stirn. Ich schüttelte den Kopf und überlegte kurz. Dann entschloss ich mich dazu, ihr von meiner Heimwehattacke zu erzählen. Sie hörte aufmerksam zu, und als ich endete, schloss sie mich in die Arme. „Ach, Schatz. Geht es dir denn wieder gut?" Ich nickte und sie hakte nicht weiter nach.

Das war das Wunderbare an meiner Mum. Sie war immer so fürsorglich und wusste genau, wann sie mir mit ihrer Fragerei auf den Geist ging. Also strich sie mir nur kurz über den Kopf und meinte, dass das Frühstück auf dem Tisch stünde. Dann ging sie aus meinem Zimmer und ich hörte sie einen Augenblick später die Treppe hinunterlaufen.

Tatsächlich ging es mir heute den Umständen entsprechend gut. Obwohl ich bezweifelte, dass man in diesem winzigen Kaff am Ende der Welt irgendwas Gescheites machen konnte hatte ich wenigstens vorerst kein Heimweh mehr. Ich zog mich rasch an und trapste dann die Treppe hinunter in die Essküche. Dort saßen um einen runden Tisch, alle mehr oder weniger ausgeschlafen, bereits Mum, Arthur, der mir ein Grinsen schenkte und Maggie, die mir verschwörerisch zuzwinkerte. Ich ließ mich auf einen Stuhl zu Mums Linken fallen und sah mich in der kleinen Küche um. Es sah sehr gewöhnlich aus, ein Herd, eine Anrichte, Spüle, Schränke, sowas eben. Aber da war auch etwas, vielleicht einfach der Stil des Hauses, der dem Ganzen einen Bauernhof-Flair verlieh.

Maggie reichte mir den Brotkorb und ich hatte mir gerade ein Käsebrot gemacht, als Julia in die Küche kam. Trotz der frühen Stunde trug sie bereits ein gelbes Top und eine hellblaue Jeans. Die sauertöpfische Miene, die sie dazu machte, versaute den ansonsten bombastischen Eindruck allerdings gewaltig. Missmutig ließ sie sich auf den Stuhl neben mir fallen und strich das Haar, welches etwas dunkler war als meins, zurück. Ich verpasste ihr einen Rippenstoß. Zugegeben, ich fand es auch nicht prickelnd, auf ungewisse Zeit mitten im Nirgendwo zu wohnen, aber man musste das doch wohl nicht so raushängen lassen! Auch Mum hob eine Augenbraue. „Julia, wir haben März, nicht Hochsommer! Das Top ist ein bisschen kalt, meinst du nicht?" Julia zuckte die Schultern, womit das Gespräch für sie beendet war. Mum seufzte und entschied sich dann, nicht weiter darauf einzugehen. Stattdessen sprach sie einen Punkt an, der mir um ein Haar den gesamten Tag versaut hätte: „Also, jetzt, wo ich euch schon mal hier habe, noch was zum Thema Telefon. Ich weiß, ihr wollt mir euren Freunden in Kontakt bleiben. Aber ihr habt vielleicht schon gemerkt, dass das Netz hier nicht so gut ist. Es gibt Festnetzanschluss, aber wenn ihr nach England telefonieren wollt kostet das irrsinnig viel Geld. Also, lange Rede kurzer Sinn: Ferngespräche nur etwa alle drei Wochen und auf keinen Fall länger als eine Stunde! Sonst könnt ihr die nächste Telefonrechnung bezahlen."

Mit diesen Worten hob Mum das Frühstück auf. Meinen entgeisterten Blick ignorierte sie geflissentlich. War vielleicht auch besser so, denn sonst hätte sie irgendwas Aufmunterndes oder Mahnendes beigesteuert. Und dann wäre ich unter Garantie in Tränen ausgebrochen. Alle drei Wochen! Wie zur Hölle sollte ich es aushalten, wenn ich höchstens alle drei Wochen mit Kat telefonieren sollte? Und was war mit Lucifer? Während ich zurück in mein Zimmer ging, war das Heimweh vom Vorabend plötzlich wieder da.

Ich kramte das „Bitte-nicht stören"-Schild aus meiner Reisetasche und befestigte es mittels Tesafilm an der Eichholztür. Dann nahm ich ein gerahmtes Foto aus dem Außenfach der Tasche. Es war Kats und mein London-Eye Bild. „Das ist so unfair, Kat!", sagte ich mit erstickter Stimme zu dem Foto. „Alle drei Wochen höchstens eine Stunde! Die spinnen ja wohl! Wie soll das denn gehen? Das können die doch nicht machen, Kat. Mann, die versauen mir mein ganzes…alles! Ich will nach Hause!" Ich unterdrückte ein Schluchzen. Das war alles zu viel für mich. Jetzt, in diesem Moment fühlte ich mich, als habe man mir alles genommen, was mir auch nur im Entferntesten wichtig war auf der Welt.

Aber nach ein paar Minuten atmete ich tief durch und wischte die Tränen ab. Dann nahm ich das Wasserglas vom Schreibtisch und trank etwas. Allein der Geruch half. Ich wurde ruhiger und das Rasen meiner Gedanken wurde weniger. Ich warf einen Blick auf die Uhr. Halb elf. Okay, ich würde die Zeit bis zum Mittagessen in meinem Zimmer verbringen. Und direkt nach dem Essen würde ich wieder in mein Zimmer gehen. Die Zeit bekam ich schon rum. Lesen oder Musik hören… vielleicht konnte ich mich ja doch in irgendein Handynetz einloggen. Und in der aller größten Not würde ich was zeichnen. Okay, nein, das eher nicht. Aber etwas tun würde ich. Das konnte ja wohl nicht so schwierig sein!

Konnte es doch. Die nächsten Tage waren die schlimmsten meines Lebens. Nicht nur, dass ich mich Tag für Tag zu Tode langweilte, weil ich alle Bücher, die ich irgendwie interessant fand, schon gelesen hatte. Nein, viel schlimmer war das Heimweh, was mich, entgegen meiner Erwartungen, Abend für Abend quälte. Vor den anderen versuchte ich mir nichts anmerken zu lassen, aber wenn ich abends im Bett lag kamen die Gedanken ganz von selbst. Ich konnte nichts dagegen machen, aber es wurde zeitweise so schlimm, dass ich mich unwillkürlich fragte, ob man an seinen eigenen Tränen ersticken konnte. Dazu kam, dass ich wahnsinnige Angst davor hatte, auf die neue Schule zu gehen. Der Tag rückte immer näher und ich bekam in meinen freien Minuten immer Bauchschmerzen, wenn ich daran dachte.

Der einzige Lichtblick war die Aussicht auf den ersten anberaumten Telefon-Nachmittag am nächsten Samstag.

Endlich würde ich mit Kat sprechen können! Der Gedanke daran hielt mich weitestgehend bei Laune. Am Sonntag vor dem ersten Schultag ging es mir total mies. Ich war nervös und gleichzeitig gelangweilt, was keine besonders gute Mischung ist. Nachdem ich mich geschlagene vierzig Minuten damit beschäftigt hatte, Löcher in die Luft zu starren, setzte ich mich energisch auf. „Liz, so geht das nicht weiter!", sagte ich streng zu mir selbst. „Du machst dich noch verrückt. Steh auf und geh raus und… schau, ob du in dieser Umgebung irgendwas Brauchbares finden kannst!"

Nach dieser Anordnung an mich selbst erhob ich mich, kämmte rasch mein Haar und gab Maggie und Mum Bescheid. Dann trat ich aus der Tür. Sofort erfasste ein leicht salzig schmeckender Wind meine Haare und zauste sie in alle Richtungen. Das Kämmen hätte ich mir sparen können! Dann holte ich einmal tief Luft und ging den Sandweg entlang durch das Gartentor hinein in das Ungewisse Irlands.

Ich muss zugeben, ich war überrascht. Ich hätte nie geglaubt, dass es mitten in der Pampa so schön sein konnte. Immer hatte ich gedacht, ein Stadtmensch zu sein. Das war ich auch, aber Irland hatte einen besonderen… Flair. Ich umrundete als aller erstes das Grundstück von Maggie und Arthur komplett. Hinter dem Haus wucherten Wildblumen und Kräuter wie auf einem Wimmelbild. Nachdem ich wieder am Gartentor angekommen war schaute ich mich um. Wohin jetzt? Ich entschied mich dazu, mir schon einmal die Schule anzusehen. Maggie hatte uns den

Weg bereits am Vorabend beschrieben und ich versuchte, mein Gedächtnis zum Laufen zu kriegen.

Nachdem ich mich die erste Viertelstunde gefühlt nur im Kreis bewegt hatte und schon kurz vorm Aufgeben gewesen war, fand ich endlich eine beschilderte Straße. Ich orientierte mich kurz, dann schlug ich den rechten Pfad ein und stand zehn Minuten später vor einem altmodischen Backsteingebäude. Es war vielleicht halb so groß wie sie Saint Lennox High School und ich konnte erst gar nicht glauben, dass es sich bei diesem Bau um eine Schule handeln sollte. Allerdings bestätigte ein Blick auf ein grasgrünes Schild ebendies.

„Irish High School" stand in kursiv gedruckten Lettern darauf. Ungläubig ging ich am Holzzaun, der das Ganze einrahmte, entlang. Am Tor baumelte ein Schild mit der Aufschrift „Wir haben Ferien! ☺". Leider war das Tor verschlossen, sodass ich bloß von außen auf den winzigen Schulhof schauen konnte. Das Gebäude bestand genaugenommen aus mehreren kleinen Gebäuden, die durch Wege miteinander verbunden waren und eine Art Ring um den Hof bildeten. Ich blieb noch ein wenig vor der Schule stehen, entschied dann aber, dass ich morgen immer noch genug Zeit zum Erkunden haben würde. Also kehrte ich dem Steinbau den Rücken und lief den Weg zurück. Ich kam zu einer Gabelung und entschied mich für den linken Weg. Nach etwa fünf Minuten hörte ich ein leises Rauschen. Wie elektrisiert blieb ich stehen und lauschte. Da! Da war es wieder. Ein Rauschen wie von heftigem Wind. Oder einem Radio ohne Empfang. Oder wie vom…Meer. Ja, Meeresrauschen, das war es! Mit etwas schnelleren

Schritten ging ich weiter. Nach weiteren fünf Minuten erreichte ich einen Klippenabsatz.

Vorsichtig tastete ich mich bis zum Rand vor und sah hinunter auf eine schier unendlich weite, blaue Ebene. Der Wind spielte mit der Gischt, wirbelte sie zu Wellen auf, die sich am steinigen Strand brachen. Schaumkronen tanzten auf dem Wasser, Algenbüschel wurden angeschwemmt. Für einen Augenblick blieb ich einfach nur überwältigt stehen und betrachtete die Szenerie. Dann entdeckte ich einen steilen, schmalen Pfad, der offenbar direkt zum Strand führte. Nach einem kurzen Blick auf die Uhr ging ich auf ihn zu und begann mit dem Abstieg. Es war eine höchst wacklige Angelegenheit, mehr als nur einmal wäre ich beinahe kopfüber hinuntergefallen. Aber schließlich hatte ich es geschafft und stand, leicht keuchend und mit einigen Schrammen zwar, aber dennoch zufrieden kaum fünf Meter vom Meer entfernt. Unzählige Muscheln und Schneckenhäuser lagen vor meinen Füßen. Ich wollte gerne ein Andenken für Kat haben, also lief ich nahe zur Brandung und ging in gebückter Haltung den Strand entlang, um eine besonders schöne Muschel zu finden.

Nachdem ich nach einer Viertelstunde nicht nur eine, sondern elf Muscheln und drei Schneckenhäuser gesammelt hatte, packte ich diese mit einem Nicken in die Tasche meines Sweatshirts und ließ mich dann auf einem Stein nieder. Mit geschlossenen Augen lehnte ich mich zurück und genoss für einen Augenblick die Meerbrise auf meinen Wangen und das Geräusch der Wellen. Ich wusste nicht genau, wie viel Zeit vergangen war, als ich Schritte hörte. Rasch setzte ich mich auf und klopfte mir den Sand von der Hose.

Dann versuchte ich, die Quelle des Geräusches ausfindig zu machen.

Das war nicht schwer. Es war eine Gruppe von drei oder vier Jungen, die alle ein bisschen älter sein mussten als ich. Lachend und scherzend kamen sie näher.

Bei meinem Anblick verstummten sie sofort und begannen, mich zu taxieren.

Ich hätte gerne irgendwas Cooles gesagt oder getan, ganz lässig, als würde ich täglich von drei Million Jungs betrachtet werden.

In Wahrheit tat ich aber nichts, außer mich umgehend in eine Tomate zu verwandeln.

Das schienen die Jungen urkomisch zu finden, jedenfalls brachen sie in Gelächter aus. Langsam kamen sie näher und ich strich mir reflexartig die Haare aus der Stirn.

Kaum zwei Sekunden später standen die Vier auch schon vor mir. Sie sahen mich herausfordernd an, aber ich schwieg eisern. Ich wüsste auch gar nicht, was ich sonst tun sollte.

Kurz bevor die Stille explodierte wandte der vordere Junge, offenbar der Anführer, sich zu seinen Kumpeln um: „Schaut mal, wie süß, der hat es die Sprache verschlagen!" Wieder brachen sie in blökendes Gelächter aus.

Das löste meine Erstarrung. „Was soll mir denn bitte die Sprache verschlagen?" Ich versuchte, so viel Spott wie möglich in diesen Satz zu legen. Es gelang mir nicht wirklich gut.

Ein Grinsen huschte über ihre Gesichter. „Süß, Paul, die will dich beleidigen!", sagte einer der anderen zum Anführer, der offenbar Paul hieß.

Wenn ich etwas hasste, dann waren es Leute, die in meiner Anwesenheit über mich redeten, als sei ich gar nicht da. Ehe ich mich versah war ich aufgestanden. „*Die* ist erstens kein Ding, sondern ein Mädchen und zweitens auch anwesend!", sagte ich bissig.

Das schien die Jungsclique zu überraschen. Der mit dem Namen Paul hob beschwichtigend die Hände. „Hey, Kleine, alles cool! Mach mal halblang. Wer bist du überhaupt?"

„Also Kleine heiße ich schon mal nicht! Und selbst wenn es so wäre, wärst du der Letzte, dem ich es auf die Nase binden würde! Wiedersehen."

Schnaubend drehte ich mich um und stapfte so würdevoll wie möglich den Weg wieder hoch.

Oben angekommen schaute ich kopfschüttelnd noch mal runter zum Strand. Also echt, was für Idioten! Hoffentlich sah ich die nicht wieder.

„Viel Spaß, Schatz!" Mum drückte mich noch mal an sich, dann ging sie mit Maggie den Weg zurück und ließ Julia und mich ganz alleine vor dem Schulgebäude stehen.

Ich schaute an der Fassade des Backsteinhauses hoch.

Jetzt, wo ich mir Zeit zur Betrachtung nahm, wirkte es auf einmal viel imposanter als gestern noch.

Vielleicht lag es auch nur daran, dass ich vor Nervosität beinahe einen Zusammenbruch erlitt.

Jedenfalls war ich ganz schön eingeschüchtert und musste schlucken.

Auf einmal machte es mir gar nichts mehr aus, dass Jul mit mir auf diese Schule gehen würde. Zwar eine Klasse über mir, aber ins Sekretariat mussten wir trotzdem zusammen, um uns anzumelden. Und ich war heilfroh, dass ich das nicht alleine machen musste.

Meine Schwester und ich sahen uns an und tauschten einen seltenen einvernehmlichen Blick. Dann drückten wir das Tor auf.

Diesmal war es nicht abgeschlossen, das Schild war verschwunden.

Auf dem Schulhof tummelten sich schon Schülergrüppchen, die entweder redeten, lachten, sich über ihre Sandwichs hermachten oder noch schnell die Hausaufgaben abschrieben.

Als Julia und ich über den Schulhof gingen, schauten sie alle kurz auf und warfen uns einen neugierigen Blick zu.

Julia und ich betraten indes das Haus, auf dessen Türschild in großen Buchstaben „Verwaltung" stand.

Wir liefen einen schmalen, leicht staubigen Gang entlang, bis wir vor einer Eichholztür standen, die zum Sekretariat führte. Ich sah, dass Julia kurz durchatmete, bevor sie die Hand hob und anklopfte.

Es dauerte eine kleine Weile, ehe eine Frauenstimme antwortete: „Herein?" Ich drückte die Klinke hinunter und sah Jul auffordernd an. Sie nickte und betrat direkt nach mir den Raum, der kaum größer war als mein Zimmer bei Maggie.

Viel stand nicht darin, ein großer Schreibtisch, ein paar Stühle, ein einfaches Sideboard mit einer Kaffeemaschine und eine Frau mittleren Alters. Ihr platinblondes Haar hatte einige kaum sichtbare graue Strähnen aufzuweisen und obwohl sie schon einige Falten hatte wirkte sie als habe sie die Schule total im Griff.

Während sie Jul und mich anlächelte merkte ich, dass ihre dunkelbraunen Augen uns aufmerksam musterten. Dann meinte sie: „Ihr müsst Elizabeth und Julia sein. Schön, dass ihr da seid! Julia, du gehst ab sofort in die 10a bei Mr. Smith, den Gang runter, erste Tür links. Okay, Elizabeth… Ah, ja, 9c bei Mr. Sean, einen Gang weiter ganz hinten. Ja?"

Julia und ich nickten und verließen dann das Sekretariat. Jul hatte ihre Klasse rasch gefunden und verabschiedete sich knapp.

Ab dann war ich auf mich allein gestellt. Also straffte ich die Schultern, strich mein Haar glatt und machte mich mit festen Schritten auf den Weg zum nächsten Gang. Es roch nach Holz und ein bisschen muffig, so wie alte Gebäude oft riechen, aber dadurch hatte das Ganze eine einladende, gemütliche Atmosphäre.

Jeder meiner Schritte hallte auf dem Holzboden wider. Alles war still, denn mittlerweile hatte der Unterricht begonnen. Nur ab und an stand eine Tür offen und ein neugieriges Augenpaar linste heraus.

Dann hatte ich endlich meinen Klassenraum gefunden. Ich hob die Hand und klopfte leise.

Dann zog ich meinen Pullover gerade und wartete mit leicht zitternden Händen. Kaum einen Augenblick später ging die Tür auf und ich schaute in das freundliche Gesicht eines jungen Lehrers mit dunkelbraunem Haar und ebenso dunklen Drei-Tage-Bart.

Er lächelte, als er mich sah und sagte: „Ach, du musst Elizabeth sein! Komm doch rein." Er deutete einladend in den Klassenraum, in dem inzwischen einige Unruhe aufgekommen war.

Einige Schüler tuschelten miteinander, reckten die Hälse, manche waren sogar aufgestanden, damit sie die Tür sehen konnten.

Mit zögerlichen Schritten betrat ich den Klassenraum und trat überrascht einen Schritt zurück. Es sah gar nicht aus, wie ein Klassenraum, es war einfach unbeschreiblich... gemütlich. Holztische und – Stühle die in Reihen aufgestellt waren.

An den Fenstern hingen schwere, bunte Gardinen, Bilder und Plakate pflasterten die Wände.

Nachdem ich mich im ganzen Raum umgeblickt hatte fasste ich mir ein Herz und sah auch die Schüler an. Eine bunte Mischung aus Jungs und Mädchen die mich forschend, aber freundlich anschauten.

Mr. Sean deutete auf mich und sagte zur Klasse: „Das ist Elizabeth Cole, eure neue Mitschülerin. Und vielleicht kann sie euch selbst etwas über sich erzählen und warum sie mitten im Schuljahr zu uns kommt?" Er sah mich erwartungsvoll an.

Ich spürte, wie ich rot wurde, nickte aber und räusperte mich. „Ja, also... ich bin Elizabeth – Liz – und bin 15 Jahre alt. Und ich bin eigentlich aus London... äh, und wir mussten umziehen, deswegen bin ich jetzt hier", schloss ich etwas lahm. Beinahe hätte ich ausgeplaudert, dass Mum arbeitslos und wir pleite waren, das wäre ein Ding gewesen!

Es war still, doch nach einer Weile meldete sich ein Mädchen mit feuerrotem Haar. „Mr. Sean? Elizabeth kann neben mir sitzen, wenn sie will", schlug sie vor. Mein Kopf zuckte überrascht hoch.

Das Mädchen lächelte verschmitzt und deutete auf den Platz neben sich. Ich musste auch ein bisschen lächeln und setzte mich in Bewegung.

„Hey", sagte das Mädchen, als ich mich neben sie setzte, „ich bin Anne. Willkommen in Irland."

„Hi. Ich bin Liz. Freut mich", erwiderte ich und seufzte innerlich erleichtert auf. Anne schien nett zu sein, wie der Rest hier auch.

Dann fuhr der Unterricht fort und wir hatten keine Zeit mehr, uns gegenseitig kennenzulernen.

Wir hatten Mathe und ich erlebte die nächste Überraschung: mit Mr. Sean machte Mathe wahrhaftig Spaß. Und das Thema hatte ich an meiner alten Schule schon gehabt, daher war es auch nicht schwierig.

Trotzdem war ich heilfroh, als es endlich zur Pause klingelte.

Unter lautem Schwatzen und Rufen drängten sich lauter Schüler auf den Schulhof, welcher innerhalb von Sekunden überfüllt zu sein schien. Irgendwie schafften Anne und ich es trotzdem, uns auf den Hof zu quetschen.

Ich begann automatisch nach Kats dunkler Haarmähne Ausschau zu halten, bis mir einfiel, dass sie ja in England war – kilometerweit entfernt.

„Hey, alles okay?", wollte Anne besorgt wissen. Ich zuckte zusammen und sah hoch.

Wie ich feststellte musste ich ziemlich traurig aussehen, denn Anne schaute mich an, als wäre ich sehr krank. Ich riss mich zusammen und nickte: „Ja, alles gut, echt. Ich habe nur gerade an England gedacht."

Anne nickte verständnisvoll. „Ich stelle mir das schrecklich vor, einfach von heute auf morgen von Zuhause weg zu müssen. Und dann auch noch so weit!"

„Ja, das stimmt. Ziemlicher Kulturschock, so von der Großstadt in die Pampa…" Kaum hatte ich das ausgesprochen, schlug ich mir die Hand vor den Mund. Das hatte ich nicht gesagt! Ich hätte mir am liebsten die Zunge abgebissen, aber Anne lachte nur.

„So übel ist es hier gar nicht!", meinte sie. „Aber klar, voll die Umstellung, das verstehe ich. Es gibt hier aber auch echt coole Sachen, die du in der Stadt einfach nicht hast. Das Meer zum Beispiel…"

Ich beeilte mich, zustimmend zu nicken. Anne war echt cool drauf, stellte ich fest. Immerhin hatte ich ihre Heimat gerade nicht unbedingt gelobt.

Daraus schien sie sich allerdings nicht viel zu machen. Stattdessen begann sie eifrig vom CPC zu erzählen – dem Christlichen Pfadfinder Club, den sie schon zwei Jahre lang besuchte.

Ich gab mir alle Mühe, interessiert zu wirken, zu lächeln und zu nicken. Erstaunlicherweise war das nicht einmal schwierig. Klar, ich war aus London, ich war Shoppingcenter, riesige Tanzschulen und Synchronschwimmhallen gewöhnt, dagegen mochte ein Pfadfinderverein nicht unbedingt spannend wirken.

Aber es hatte etwas, vielleicht die Art, wie Anne es erzählte, das es irgendwie verlockend, heimelig und cool wirken ließ.

Und sonst gab es hier im Nirgendwo ja auch nicht viel zu tun. Also stimmte ich zu als Anne fragte, ob ich nicht mal mitkommen wolle.

„Klasse!", meinte sie und verzog das gesamte, sommersprossige Gesicht zu einem Grinsen. „Da freue ich mich drauf!", erwiderte ich, ebenfalls lächelnd.

Und ich meinte es auch so.

Als es zum Pausenende klingelte wandte ich mich wieder zu dem Eingang, in den ich am Morgen gegangen war, doch Anne packte mein Handgelenk.

„Komm, Liz, wir haben Bio!", rief sie aus. Ich beeilte mich, ihr zu folgen.

Der Biologiesaal war ziemlich provisorisch gestaltet, Tische, Stühle, einige Mikroskope und dicke Lexika.

Die Lehrerin, eine junge, aufgeweckte Frau mit dem Namen Petersen, begrüßte uns. Sie hatte karamellfarbenes Haar, das ihr in wuscheligen Locken auf die Schultern fiel und ein verschmitztes Lachen.

Biologie war nie mein Lieblingsfach gewesen, doch Ms. Petersen schaffte es tatsächlich, selbst Blätterkunde interessant wirken zu lassen.

Ich war ganz begeistert, als ich zum ersten Mal ein Mikroskop benutzen durfte. Auf einmal war ich total in meinem Element.

Es war eine gänzlich neue Erfahrung, mal richtig Spaß im Unterricht zu haben. Sonst hatte ich die Stunden mehr ertragen als erlebt, doch zum ersten Mal in meiner Schullaufbahn vergaß ich innerhalb des Klassenzimmers die Zeit.

Als es zum Mittagessen klingelte war ich regelrecht enttäuscht.

Allerdings nicht lange. Ich wusste nicht, woher es kam, aber auf einmal war ich neugierig und aufgeregt auf alles Neue, was ich noch entdecken würde.

„Wie war die Schule?", wollte Maggie wissen, während sie mir eine Riesenportion Nudelsalat auf den Teller lud. „Gut!", erwiderte ich und meinte es auch. Tatsächlich hätte ich es selbst nie geglaubt, aber es gab wenig was man an Irland abgrundtief doof finden konnte.

Klar, es war total anders als England, aber es hatte einen ganz besonderen Charme.

Also schwieg ich diesmal beim Abendessen nicht, sondern erzählte von der Schule, von Anne und vom CPC.

Als ich den Club erwähnte schaute Maggie auf: „Ach, tatsächlich, Pfadfinder? Ist das was für dich?"

„Warum nicht?", erwiderte ich.

Maggie nickte. „Ja, hast recht Mädchen, warum nicht. Ein guter Freund von mir, John, leitet den Club, er ist kaum zwei Kreuzungen von hier weg. Wann wolltest du denn da hin?"

Ich zuckte die Schultern und beeilte mich, die Nudeln hinunter zu schlucken bevor ich antwortete. „Keine Ahnung, das ist mir egal."

Maggie erklärte mir den Weg und ich beschloss, gleich nach dem Essen Anne anzurufen. Zum Glück hatten wir heute Mittag noch schnell Nummern ausgetauscht!

„Was ist mit dir, Julia?", fragte Arthur, „Pfadfinder?" Jul schüttelte nur abwehrend den Kopf.

„Jul hat Angst, ihr Outfit zu zerstören, wenn sie rausgeht", stichelte ich und fing mir prompt einen giftigen Blick meiner Schwester ein. Ich stieß sie mit dem Ellenbogen an und sie schubste mich.

Da schaltete sich Mum ein: „Mädels, genug jetzt! Ihr seid keine drei mehr!" Aber sie klang nicht wirklich wütend.

Dafür war der Abend auch viel zu schön. Als wir mit dem Essen fertig waren und gemeinsam die Küche aufgeräumt hatten, setzten wir uns noch zu fünft auf Maggies und Arthurs Terrasse.

Wir sahen zu, wie die Sonne immer größer und röter wurde, bevor sie sich seitwärts neigte, um hinter den Bäumen zu verschwinden.

Kaum hatte sie das getan wurde es empfindlich kühl, also gingen wir zurück ins Haus. Drinnen ging ich sofort hoch, machte mich fertig und stieg in mein Bett. Und zum ersten Mal schlief ich nicht mit Furcht auf den nächsten Tag ein.

Sondern mit Vorfreude, Vorfreude auf die Abenteuer, von denen ich jetzt noch gar nichts ahnte.

Der Christliche Pfandfinder Club

„Wie lange denn noch?", fragte ich. „Wir sind gleich da", erwiderte Anne und zog mich ungeduldig weiter.

Wir waren auf dem Weg zum CPC, dem Christlichen Pfadfinder Club. Anne hatte mich den ganzen Weg über zugequatscht, mit allen noch so kleinen Details über den Club.

Inzwischen hatte sie auch mich angesteckt mit ihrer freudigen Aufregung und ich konnte es kaum noch erwarten.

Kaum hatte ich das zu Ende gedacht, tauchte einige Meter weiter eine kleine Holzhütte auf.

„Da!" Anne deutete auf das Häuschen, an das mit grasgrüner Farbe „CPC" gepinselt war.

Ein Fadenvorhang wie in vielen Wohnwägen bildete die Tür. Von innen waren Stimmen zu hören, das glaubte ich zumindest.

Allerdings kamen sie nicht von innen, sondern von außen, der anderen Hüttenseite.

Dort waren einige Jugendliche, größtenteils in meinem Alter, damit beschäftigt entweder einem Ball hinterher zu jagen und zu quatschen.

Manche hockten auf den herumliegenden Findlingen und schauten auf das Meer, das am Horizont zu erkennen war.

Der Großteil jedoch war quicklebendig und spielte und schrie, sodass ich zuerst dachte, in einer Kindertagesstätte gelandet zu sein. Einige ältere Jungs und Mädchen saßen etwas abseits, ein paar von ihnen trugen Anstecker mit der Aufschrift „Teamer".

Einer von ihnen sah auf, als er uns erblickte. „Anne! Oh, und wen haben wir da? Das Prinzesschen!" Mein Kopf zuckte hoch und ich sah den Jungen an, der das gesagt hatte.

Ich erkannte ihn sofort, überhaupt würde ich diese Augen überall erkennen. Mir gefror das Blut in den Adern. Auf einmal konnte ich mich nicht mehr bewegen. Anne stieß mich an. „Du kennst Paul?!"

„Jaah… ein bisschen…", erwiderte ich lahm. Mit jedem hatte ich gerechnet, aber nicht mit diesem Idioten! Er war mir nun gar nicht der Typ für Pfadfinder Clubs. „Ein bisschen?", erzürnte sich Anne, „Er hat dich Prinzessin genannt!"

Das hatte er allerdings, aber nicht so, wie man gerne Prinzessin genannt werden möchte, von einem Jungen schon gar nicht.

Sein Tonfall ließ sich ungefähr damit übersetzen: „Kleiner, pingeliger Faulpelz, der sich zu schade für alles ist".

Und das ist jetzt nicht gerade das schönste Kompliment.

Ich brauchte eine geraume Weile, um mich daran zu erinnern, dass ich kein Eisklotz war. Ich schüttelte die Haare zurück und setzte meinen lockersten Blick auf.

Paul sollte auf keinen Fall denken, dass er mir irgendwas konnte. Es reichte ja schon, dass er mich vor all seinen Teamerkollegen blöd dastehen ließ! Also lächelte ich und sagte so cool wie möglich: „Ja, ich dachte, ich schau mal vorbei. Hab ja sonst nicht viel zu tun. Und du? Dachte gar nicht, dass du ein Naturbursche bist!"

Paul grinste. „Nicht?", fragte er. „Was dachtest du denn?"

Er hob eine Augenbraue, die mir verriet, dass er mit mir spielen wollte, aber ich ließ mich nicht ins Bockshorn jagen. Nicht von so einem Macho.

„Och, weißt du, du kamst mir eher wie ein Zocker vor, der abends mit seiner Gang um die Häuser zieht. Oder am Strand Mädels anquatscht."

Ha! Dieser Punkt ging ja wohl mal so was von an mich! Jetzt war es nämlich an Paul, rot zu werden.

Zu meinem Leidwesen musste ich allerdings feststellen, dass er sich bedeutend schneller erholte als ich. Beinahe sofort war sein Grinsen wieder da und er erwiderte lässig: „Nö, so einer bin ich nicht. Ich wollte nur schauen, wer da mein Revier besetzt."

„Gib's schon zu, du hast das bloß bemerkt, weil dein Revier von etwas sehr Schönem besetzt wurde!" Kaum hatte ich das ausgesprochen, hätte ich mir am liebsten auf die Zunge gebissen. Was tat ich denn da? Ich stand mit Mr.-ich-bin-ein-Star-holt-mich-hier-raus herum und flirtete in aller Öffentlichkeit!

Mittlerweile waren nämlich auch die Fußballspieler auf die „Neue" aufmerksam geworden und hatten sich neugierig um uns versammelt.

Anne war vermutlich zwischenzeitlich vor Lachen erstickt, darauf ließen zumindest die Geräusche links hinter mir schließen.

Aber ich war eigentlich gar nicht in der Stimmung, einen auf stille Außenseiterin zu machen. Und irgendwie mochte ich es, so mit Paul zu reden.

Okay, nein. Paul war ein Blödmann. Aber es war witzig, sich mit ihm zu batteln. Also sah ich ihn herausfordernd an.

Sein Zug. Aber er schwieg eine Weile und ich freute mich insgeheim schon über meinen Sieg, als Paul zum letzten Schlag ausholte: „Dachte ich auch zuerst, aber... es ist nicht alles Gold, was glänzt!"

Diese Bemerkung ließ mich erst mal still werden. Auch die anderen um uns herum waren verstummt, nur Paul bemerkte offenbar nicht, dass das ein blöder Kommentar gewesen war.

Ich hatte nicht schlecht Lust, ihn einfach da sitzen zu lassen und heim zu gehen, aber ich wollte nicht als Versagerin dastehen, nein, das nicht.

Also lächelte ich nur herablassend und meinte mit möglichst fester Stimme: „Tja, Glück für dich. Sowas wie Gold könntest du dir nämlich sicherlich nicht leisten! Warum verschwende ich überhaupt meine Zeit mit *dir*?"

Und damit ließ ich ihn dann doch sitzen und ging in Richtung Klippen. Alle schauten mir erstaunt hinterher, weil meine Stimme zuletzt dann doch ein bisschen laut geworden war, aber im Moment war mir das echt egal.

Ich schaute auf das Wasser hinab und sah bekam nicht mit, wie perplex Paul war und dass er mit ganz kleinlauter Stimme fragte: „War das so gemein?"

Vielleicht war es ein dummer Zufall, dass ich es nicht hörte, vielleicht auch eine glückliche Schicksalsfügung – ich wusste es nicht, und würde es wohl auch nie herausfinden.

Jedenfalls hockte ich jetzt auf einer der Klippen und starrte auf das Meer hinunter. So ein blöder Tag! Gleichzeitig ärgerte ich mich, dass ich Paul nicht einfach ignoriert hatte.

Warum ließ ich mich so einfach provozieren? Ich warf ein paar kleine Kieseln von der Klippe und seufzte.

Da hörte ich Schritte hinter mir und drehte mich um. Anne und ein etwas älteres, schwarzhaariges Mädchen kamen den schmalen Pfad entlanggelaufen.

Kurz überlegte ich, ob ich ihnen sagen sollte, dass ich alleine sein wollte, aber ich stellte fest, dass das gar nicht stimmte.

Also rutschte ich ein bisschen beiseite, damit sie zu mir kommen konnten. Anne ließ sich neben mich plumpsen und legte einen Arm um mich.

„Mensch, Liz, das ist ja mal sowas von blöd gelaufen!", meinte sie mitfühlend. „Aber Paul ist nicht immer so, wirklich."

Dann fügte sie noch ein bisschen unsicher hinzu: „Willst du jetzt immer noch hier mitmachen?"

Ich lachte. „Also, von jemandem wie Paul lasse ich mir das nicht verderben! Zumal ich ja außer ihm noch niemanden kennengelernt habe!"

„Dann kannst du ja gleich damit anfangen!", meinte Anne erleichtert und wies auf das schwarzhaarige Mädchen, das neben ihr stand.

Jetzt lächelte diese und streckte mir die Hand entgegen. „Hi, ich bin Suzanna und ich bin die Gruppenleiterin hier. Besser gesagt, ich sorge dafür, dass die Rasselbande bei unseren Treffen nicht die ganze Bude auseinandernimmt!"

Sie lachte und ich musste ebenfalls grinsen. Ich ergriff ihre Hand und sagte: „Ich bin Elizabeth – Liz für euch. Freut mich!"

Suzanna lächelte und wies fragend auf den kleinen Trampelpfad zurück zur Hütte. Ich wusste, dass sie fragen wollte, ob wir zurückgehen sollten und ich nickte.

Im Gänsemarsch bewegten wir uns dem Lärm entgegen.

Die Jungs, beziehungsweise teils auch Mädchen, hatten das Fußballspiel wieder aufgenommen. Doch als sie uns kommen sahen hielten sie inne.

Ein blondes Mädchen in meinem Alter rief über die Wiese: „Anne? Lust mitzuspielen? Ihr beide?"

Anne und ich sahen uns an. Ich war kein Ass im Fußball, aber es ging ja auch hauptsächlich um Spaß. Ich nickte und Anne brüllte zurück: „Gerne!"

Also wurden die Mannschaften neu eingeteilt und das wilde Match begann.

Ich hatte selten so viel Spaß beim Sport gehabt. Im Nachhinein konnte ich nicht sagen, was am lustigsten gewesen war – dass ich mit voller Wucht am Ball vorbei-schoss, Anne über ihre Füße stolperte und bäuchlings ins Gras fiel oder ein Junge namens Jake volle Kanne gegen das blonde Mädchen, die Carolin hieß und Annes beste Freundin war, lief.

Und auch wenn meine Mannschaft mit eins zu vier ver-lor, so hatten wir doch extrem viel Spaß gehabt.

Nach dem Spiel hockten wir alle noch auf dem Rasen und unterhielten uns, während die untergehende Sonne unsere Gesichter orange aufglühen ließ.

Ich erzählte den anderen von meinem Umzug und Carolin meinte, dass das ja fast wie in diesen Tragödien sei: Die Hauptprotagonistin scheint gerade alle Ziele erreicht zu haben, da stürzt ihre Welt wie ein Kartenhaus zusammen.

Ich fand den Vergleich ziemlich gut und er traf ja auch irgendwie zu.

An dieser Stelle meldete sich ein Mädchen namens Carmen zu Wort, die ebenfalls in unserem Team gewesen war: „Nicht wundern – Caro will Schauspielerin werden, deswegen ist sie immer ein bisschen…Dramaqueen!"

Alle lachten, selbst Caro, aber sie ließ es sich nicht nehmen, Carmen in die Seite zu boxen. Ich konnte selber gar nicht fassen, dass ich hier einfach so saß, ganz locker, und mit größtenteils fremden Teenies total unbefangen redete und lachte. Tatsächlich lachte ich wohl mehr als in der gesamten letzten Woche zusammen. Ich wäre vermutlich noch ewig so quatschend sitzen geblieben, wenn Anne mich nicht an die Zeit erinnert hätte.

Sie tippte nachdrücklich auf das Ziffernblatt ihrer Armbanduhr, die bereits halb neun zeigte. Ich nickte, zum Zeichen, dass ich verstanden hatte, und Anne meinte: „So, Liz und ich würden uns dann mal vom Acker machen. Bis dann!"

Auch ich stand jetzt auf, klopfte mir das Gras von der Jeans und verabschiedete mich. Nun, da wir den „Startschuss" gegeben hatten, machten sich alle langsam auf den Weg.

Caro gab Anne und mir einen Kuss auf die Wange, Carmen klopfte uns auf die Schultern und Jake umarmte jeden, selbst uns Mädchen.

Auch Paul und seine Teamerkollegen erhoben sich jetzt. Suzanna winkte uns zum Abschied und Paul rief „Ciao!" Unsere Blicke trafen sich für den Bruchteil einer Sekunde und ich bekam eine Gänsehaut. Dann griff Anne mein Handgelenk und wir machten uns auf den Heimweg.

In den nächsten Tagen lebte ich mich richtig in Irland ein. Ich konnte länger schlafen, weil die Schule so nah war und ich nicht erst mit dem Bus fahren musste. Morgens erwachte ich mit dem Zwitschern der Vögel und den Strahlen der aufgehenden Sonne.

Nach einem kurzen Frühstück in Maggies und Arthurs Küche machten Jul und ich uns zu Fuß auf den Weg zur Schule.

Das Frühstück verlief hier in Irland witzigerweise genauso wie in London: Wie schwiegen uns eher an, als dass wir sprachen. Maggie und Arthur waren beide keine Morgenmenschen und so war es wenigstens in dieser Hinsicht wie daheim. Die Schule im Gegensatz war ganz anders.

Der erste große Unterschied war natürlich, dass die Schule nur halbtags war.

In England war ich immer erst gegen halb fünf heimgekommen, doch hier war ich schon um drei Uhr Zuhause.

Meistens machten Anne und ich uns nach der Schule sofort auf zum CPC. Schon in den ersten Wochen hatte ich in Maggies Schuppen ein uraltes, verrostetes Fahrrad gefunden.

Als Maggie meinte, sie müsse da drin ohnehin mal wieder ausmisten, packte ich die Gelegenheit beim Schopf und fragte, ob ich nicht das Fahrrad haben könne. Sie stimmte zu, auch wenn Arthur scherzhaft sagte, ich werde mit dem „alten Klappergestell" keine drei Meter weit kommen.

Aber ich hatte ein Wochenende genutzt, es blitzblank geschrubbt und mit alter Wandfarbe und Klarlack, den ich ebenfalls im Schuppen fand, einen neuen Anstrich gemacht.

Als das Rad schließlich fertig vor mir stand leuchtete es in einem hellen Himmelblau, das schon fast weiß wirkte, war frisch geölt, ich hatte eine Blase an der Hand vom Griff der Scheuerbürste, war aber auch tierisch stolz auf mich.

Der darauffolgende Tag war der erste, sogenannte „Telefonsonntag", das bedeutete, wir durften in die Heimat telefonieren.

Mum begann mit einem kurzen Anruf bei irgendwelchen Bekannten, die ich nur vom Hörensagen kannte.

Danach war Julia an der Reihe, sie rief ihre beste Freundin Melanie an. Sie verschwand in ihr Zimmer, aber ich konnte mir lebhaft vorstellen, dass sie Melanie erstmal ausführte, was hier alles so grässlich war.

Aber nach einer Dreiviertelstunde war sie schließlich fertig und übergab mir das Telefon.

Mit zittrigen Fingern wählte ich Kats Nummer, eine Nummer, die ich im Schlaf auswendig konnte. Als das Freizeichen erklang machte ich mich ebenfalls auf den Weg in mein Zimmer.

Es tutete ewig, doch dann sagte eine unsichere Stimme: „Jackson?"

Mein Herz machte einen gewaltigen Sprung, ich hatte mir gar nicht klargemacht, wie sehr mir Kats Stimme fehlte.

„Hallo?", fragte sie. Da fiel mir ein, dass sie die Nummer von Maggie ja gar nicht kannte, also beeilte ich mich, zu antworten: „Kat, ich bins!"

Eine Weile war es still in der Leitung und ich fürchtete schon, dass die alte Telefonverbindung den Geist aufgegeben hatte, doch dann drang ein ohrenbetäubendes Quietschen an meine Ohren.

„Lizzy! Oh, endlich, ich hab dich so vermisst!"

„Ja, ja, ich dich auch!", erwiderte ich ebenso freudig. Ich klärte sie über den Umstand auf, dass unser Gespräch nicht länger als eine Stunde dauern durfte, dass sie sich also am besten beeilte.

„Und jetzt rede schon, ich will wissen, was daheim los ist." Selbst am Telefon konnte ich hören, wie Kat sich an die Stirn tippte. „Du spinnst ja wohl, wer hat denn hier eine Weltreise gemacht? Erzähl gefälligst, und zwar *alles*, klar?"

Ich musste lachen, zum ersten Mal seit Wochen fühlte ich mich wirklich frei und glücklich. Kats Stimme durch das Telefon zu hören war so ein wunderbares Gefühl, dass ich unwillkürlich mit den Tränen kämpfte.

Doch als Kat das merkte, erzürnte sie sich: „Elizabeth Cole, du hörst jetzt sofort auf zu heulen und erzählst mir, was da drüben los ist!"

Ich musste lachen und begann zu erzählen. Ich sprach von der Schule, von Maggie und Arthur, vom CPC.

Mit etwas schlechtem Gewissen berichtete ich ihr auch von Anne, doch Kat sagte, als ich begann, meine Sorgen aufzuführen, dass sie jetzt sauer sein, ich sei doch verrückt.

„Hör mal, ich kann ja schlecht erwarten, dass du dir da keine Freunde suchst, oder?"

Das Kat das so sah, machte mich extrem happy. Schließlich erzählte ich ihr auch von Paul. Kat flippte total aus und löcherte mich mit fünfzigtausend Fragen, die ich natürlich nicht beantworten konnte.

„Kat, das einzige, was ich über ihn weiß, ist, dass er älter ist als ich, blond, blauäugig und ein Mistkerl. Und im Übrigen ist da ja auch noch Lucifer! Was macht der eigentlich? Und was ist sonst so los?"

Also erzählte Kat von der Schule und wie todsterbenslangweilig alles sei. Gerade als sie mich darüber aufklärte, dass Michael und sie immer noch ein Paar waren, kam Mum in mein Zimmer. Ich seufzte auf.

„Kat, sorry, aber wir müssen Schluss machen." Ich sagte ihr noch, wann der nächste Telefontermin war, dann legte ich schweren Herzens auf.

Es war herrlich gewesen, mal wieder mit Kat zu sprechen, keine Frage. Aber ich freute mich auch ehrlich darauf, weitere Abenteuer hier in Irland zu erleben.

Die nächsten Tage verbrachte ich hauptsächlich damit, nicht an Paul zu denken. Es fiel mir überraschend leicht, weil die Schuljahresabschlussprüfungen bevorstanden und ich bis zu den Ohren in Lernen und Vorbereitungen steckte. Deshalb führte mein Weg nach der Schule auch nicht zuerst zu meinem Fahrrad und in den CPC, sondern in mein Dachzimmer hinter den Schreibtisch, wo ich dann verzweifelt versuchte, nicht über den langweiligen Textaufgaben oder Aufsätzen über irgendwelche Philosophen einzuschlafen.

Oft wurde es so spät, dass ich es gar nicht mehr schaffte, in den Club zu gehen. Ich fand das zwar schade, wollte aber auch ein gutes Zeugnis haben.

Doch nach einer oder zwei Wochen passte Anne mich vor dem Matheunterricht ab: „Liz, gehen wir heute mal wieder in den Club?"

Da wir heute ohnehin die letzte Prüfung hatten – oh Wunder, in Mathe – stimmte ich freudig zu. Es tat bestimmt gut, mal wieder raus zu kommen.

Ich war nervös, obwohl ich gut gelernt hatte.

Mr. Sean war gut drauf und verteilte die Arbeiten schwungvoll.

Mit einem leisen Ziehen im Bauch drehte ich den Zettel um und begann, ihn auszufüllen. Es war nicht sehr schwer und als Mr. Sean die Arbeiten am Ende der Stunde wieder einsammelte war ich total froh. Anne und ich zwinkerten uns zu und verließen als erste den Klassenraum.

Für den Sprint zu unseren Fahrrädern hätten wir bei unserem Sportlehrer sicher eine eins plus bekommen.

Inzwischen war die Strecke uns schon in Fleisch und Blut übergegangen. Na, mir zumindest, Anne hatte sie ja vorher schon gekannt.

Als wir uns der Clubhütte näherten sahen wir schon, dass davor ein Menschenauflauf war.

„Was ist denn da los?", fragte ich außer Atem, wir waren doch ganz schön schnell gefahren. Anne warf ihr Fahrrad achtlos in die Buchsbaumbüsche.

„Keine Ahnung, sehen wir nach!", rief sie und rannte los, der rote Pferdeschwanz wehte im Wind.

Ich legte mein Fahrrad etwas vorsichtiger ab, auf meine Lackierarbeit war ich nämlich ziemlich stolz, aber dann folgte ich ihr doch sehr schnell.

Weil ich einige Zentimeter größer war und somit längere Beine hatte als sie holte ich sie sehr schnell ein.

Wir drängelten uns durch die tuschelnde, kichernde Menge, um einen Blick auf den Anschlag, der an der Wand befestigt war, zu erhaschen.

CPC-Feriencamp! stand dort in riesigen Lettern. Ich überflog das Blatt.

„Wie cool, ein Feriencamp in den ersten beiden Sommerferienwochen!", rief ich und drehte mich zu Anne um.

„Ja!", rief sie. „Oh Gott, das ist so cool, das muss ich Caro erzählen!"

Sie wuselte davon, um ihrer beste Freundin, die gerade ankam, die sensationelle Neuigkeit zu überbringen.

Ich stand da und grinste vor mich hin wie ein Honigkuchenpferd. Ein Camp von dem Club, der mir der liebste Club der ganzen Welt war, zusammen mit Menschen, die ich lieb hatte, ...und Paul würde auch da sein. Mein Herz machte einen Hüpfer.

Anne, Caro und ich hockten uns gemeinsam auf einen Haufen Findlinge und redeten angeregt über das Camp.

„Wir müssen uns so schnell wie möglich in die Liste eintragen!", drängte Anne. Caro nickte und auch ich war voll und ganz ihrer Meinung.

Früher hätte ich gezögert und vermutlich erst Mum angerufen, ob das okay sei, aber hier schien das alles ein bisschen anders zu laufen. Natürlich würde ich das nicht ohne das Einverständnis meiner Mutter machen, aber sich zumindest in die Liste eintragen konnte man ja schon. Notfalls musste ich dann eben absagen.

Aber für diese Sommerferien war ohnehin nichts geplant gewesen und Mum sagte ja auch immer, wie schön sie es fände, dass ich mich so wohlfühle hier.

Also gingen wir einträchtig zum Bungalow und schnappten uns den Kugelschreiber, der in einer Holzspalte neben der Liste steckte. Es standen erst fünf Namen auf dem Zettel, darunter der von Suzanna, Jake und Paul. Außerdem von einer gewissen Aline und einem Eric, die ich wohl noch nicht kennengelernt hatte.

Anne setzte ihren Namen darunter, dann Caro und schließlich ich. „Elizabeth Cole", schrieb ich so ordentlich, wie man eben schreiben kann, wenn das Formular senkrecht an einer Wand hängt.

Ich wollte den Stift gerade wieder in die Spalte zurückstecken, da fragte eine schüchterne Stimme: „Schreibst du mich auch dazu?"

Ich schaute über die Schulter. Ein dünnes, schwarzhaariges Mädchen stand hinter mir. Ich kannte sie flüchtig, sie hieß Luisa und ich mochte sie gerne.

„Klar", erwiderte ich also und erkundigte mich nach ihrem Nachnamen. „Smith", sagte sie und „Danke!"

Ich fügte Luisas Namen der wachsenden Liste hinzu und sah dann auf, um zu sehen, wo die anderen sich rumtrieben. Sie hockten bei einigen anderen auf der Wiese in einem Kreis.

Sie schienen sich in Teams aufzuteilen, sahen jedoch ein bisschen hilflos aus. Carmen entdeckte mich und rief: „Liz, magst du mit Activity spielen? Wir brauchen noch einen!"

Ich nickte und eilte zu ihnen. Das Spiel Activity, bei dem man immer reihum ein Wort pantomimisch, gezeichnet oder erklärend darstellen musste, hatte ich zusammen mit meiner Klasse oft auf Klassen – oder Jahrgangsfahren gespielt.

Ich kam zum Glück mit Anne in ein Team, nicht mit Paul, das wäre zu peinlich geworden. Obwohl es eigentlich ohnehin keine Rolle spielte, immerhin sah einem ja jeder zu. Und mir wurde schnell klar, dass „peinlich" in diesem Club ein Fremdwort war.

Melanie pantomimte „Ente", indem sie mit den Armen wie verrückt flatterte, in der Hocke herumwatschelte und lautlos „Quak, quak!", rief.

Und beim Zeichnen sah Christophs Gemälde, welches „Katze" darstellen sollte, eher aus wie ein Teddybär mit Streifen und zu langem Schwanz.

Wir amüsierten uns köstlich und selbst als wir ziemlich hoch verloren, weil ich einfach nicht malen konnte und Anne es nicht auf die Reihe bekam, beim Erklären die verbotenen Begriffe zu vermeiden, kicherten wir immer noch, als wir gegen Abend zu unseren Fahrrädern liefen.

Als ich um halb zehn schließlich im Bett lag dachte ich daran, dass es in vier Tagen Ferien geben würde und ich seit eben Mums offizielle Erlaubnis hatte, zum CPC-Camp zu gehen. Wenn ich mich nicht sehr täuschte, dachte ich, während ich mich auf die andere Seite drehte, würden das mit die stärksten Sommerferien meines Lebens werden.

Am letzten Schultag liefen Anne und ich noch mit der Pausenklingel aus dem Gebäude. Endlich waren die lang ersehnten Ferien da, und das bedeutete auch, neben Sonne, Freizeit und sonstigen Privilegien: Pfadfindercamp!

Wie zwei geölte Blitze radelten wir zu unseren Häusern, die bloß zwei Wegkreuzungen voneinander entfernt lagen.

Ich pfefferte meine Schultasche in den Hausflur, rief ein „Bis in zwei Wochen!" nach drinnen und schnappte meinen Koffer, den ich bereits vorgestern gepackt hatte. Es war vielmehr eine Reisetasche, denn wir würden nicht viel Platz haben, hatte Sophie uns angekündigt.

Noch kurz von Mum aufgehalten („Ich sehe dich erst in zwei Wochen wieder, lass mich dich wenigstens verabschieden!") stand ich zehn Minuten später an der Kreuzung zum CPC.

Anne stieß Sekunden später zu mir und wir machten uns gemeinsam auf den Weg. Die Fahrräder hatten wir allerdings daheim gelassen, beim Camp konnten wir sie sowieso nicht brauchen und mit einer Reisetasche in der Hand Fahrrad fahren dürfte sich auch als schwierig herausstellen.

Es war bereits einiges los, als wir an der CPC Blockhütte ankamen und neugierig die Köpfe hineinsteckten.

Ein vollkommen fremder Anblick bot sich uns: ziemlich genau zwanzig Luftmatratzen pflasterten den Boden der kleinen Hütte, in der Mitte war ein circa dreißig Zentimeter breiter Gang freigehalten, damit es einem möglich war, an sein Bett zu gelangen. Selbstgemalte Schilder mit der rosafarbenen Aufschrift „Ladys" und blauer Aufschrift „Gentlemen" zeigten uns, auf welcher Seite wir und einzufinden hatten.

Ich wählte das Bett ganz in der Ecke und schmiss zur „Reviermarkierung" meine Reisetasche darauf. Die Matratze daneben war blöderweise schon mit einer Tasche belegt, aber Anne meinte, wir würden hier drinnen ja sowieso nur schlafen und besetzte die dritte Matratze in der Reihe.

Dann gingen wir rasch nach draußen, wo sich unsere Mitcamper bereits versammelt hatten.

John, der Pfarrer und außerdem Leiter des Clubs, hielt eine Liste und einen Packen Memoryspielkarten in der Hand.

Als auch die letzten Nachzügler eingetroffen waren begann er zu erklären: „Sind jetzt alle da? Okay. Ich habe, bevor es losgeht, ein paar Dinge mit euch zu besprechen. Als erstes, ihr werdet die zwei Wochen mit einem Partner ein Team bilden. Das wird von mir festgelegt!", fügte er mit erhobener Stimme hinzu, als alle die Hand ihrer besten Freunde schnappten.

Er stellte sicher, dass alle zuhörten und warf Jake und Paul, die miteinander tuschelten, einen mahnenden Blick zu. Ich wandte grinsend den Kopf ab.

„Punkt zwei", fuhr John fort, „ist, wir – also Bill, Suzanna und ich, die beiden verzichten auf das Spiel, haben im Radius von zwei Kilometern eine Schnur gespannt. Die begrenzt den Bereich, in dem ihr euch bewegen dürft. Weil, das ist der nächste Punkt, ihr werdet eure Handys vermutlich nicht gebrauchen können, hier gibt es selten Empfang. Wenn also jemandem von euch was passieren sollte, geht der andere nicht weg, sondern bleibt da. Entweder bekommt ihr es zu zweit hin, zurückzukommen, oder ihr wartet dort. Denn wenn ihr innerhalb des gesetzten Zeitlimits nicht zurückseid, dann kommen wir euch suchen, und zwar innerhalb des gesteckten Radius'."

Er wurde von Phillip unterbrochen: „Was passiert, wenn jemand ohnmächtig wird oder so?"

John nickte: „Genau. Für den absoluten Notfall ist eine Nummer eingerichtet, die auch ohne normalen Handyempfang zu erreichen ist. Die kostet allerdings recht viel, also wirklich nur im Notfall benutzen. Die Nummer steht auf den Aufgabenlisten, die ihr gleich bekommt."

Er sah erwartungsvoll in die Runde, ob noch irgendjemand ein Fragezeichen über dem Kopf hatte.

Als das nicht der Fall war nickte er zufrieden und öffnete den Memorypacken. Dann erklärte er uns, wie wir die Teams einteilen würden: Er verteilte die Karten verdeckt und rief dann die Bildchen der Reihe nach auf.

Die, die das gleiche Bild hatten, waren ein Paar. Mein Herz klopfte ziemlich schnell, als ich meine Memorykarte umdrehte. Eine große gelbe Sonnenblume war darauf zu sehen.

Ich kreuzte gespannt die Finger, als John anfing die Bildchen vorzulesen.

„Feuerwehrauto?" Anne stand gemeinsam mit Carmen auf und ich seufzte resigniert. Caro und Luisa hatten ebenfalls schon ihre Partner, also würde ich mit jemandem zusammen machen müssen, den ich kaum oder gar nicht kannte.

Als John schließlich die Sonnenblume ausrief, sah ich gar nicht erst zu meinem Partner auf.

Erst unterdrücktes Gelächter ließ mich hochschauen. Im selben Moment tat mein Partner das gleiche – und ich glaubte, vom Schlag getroffen zu werden.

Denn ich schaute geradewegs in Pauls blaue Augen.

„Nein, das kann jetzt nicht wahr sein!", stießen wir beinahe gleichzeitig hervor. Daraufhin brachen alle in Gelächter aus und auch John grinste verhalten.

„Na, ihr scheint ja gut zusammen zu passen!"

Ich starrte ihn entsetzt an, aber ich wusste, dass meckern jetzt keinen Sinn hätte. Abgesehen davon, dass das total peinlich gewesen wäre hatte John uns eingeschärft, dass weder Partner noch die Teamaufgaben getauscht werden durften.

Dies sei eine Maßnahme, um den Zusammenhalt innerhalb der Gruppe zu stärken. Ich seufzte ergeben auf und vermied es entschlossen, Paul anzusehen.

Dieser nahm die Liste von John entgegen und verließ missgelaunt das Häuschen. Ich wartete, bis auch die letzten Paare eingeteilt waren und folgte ihm dann.

Ich gab es nicht offen zu, aber die Vorfreude war mir vergangen. Zwei Wochen lang ein Team mit Herrn Macho–Blödmann bilden zu müssen war der reinste Alptraum!

Paul schien das genauso zu sehen, denn als er mich erblickte zischte er: „Na, ganz toll!"

Ich glaubte, mich verhört zu haben. So ein arroganter Schnösel! Eigentlich hätte ich ihn gerne ignoriert, aber das war schier unmöglich, daher erwiderte ich: „Glaubst du, ich finde das toll?!"

Paul zog es im Gegensatz zu mir vor, nicht darauf einzugehen und wandte sich betont desinteressiert zu Jake und Christoph, um ein Gespräch zu beginnen.

Ich schüttelte den Kopf, aber fasste gleichzeitig den Entschluss, mir von Paul nicht das Camp verderben zu lassen. Nicht von dem!

Anne und Caro äußerten mir gegenüber Mitleid, dass ich mit Paul zusammen machen müsse.

Obwohl ich es nicht zeigte freute ich mich sehr. Es war ein schönes Gefühl, nicht alleine zu sein.

John kam als letzter aus der Hütte und klatschte in die Hände, um unsere Aufmerksamkeit zu bekommen.

Als alle Augen auf ihn gerichtet waren begann er: „So, jetzt, da alle Paare eingeteilt sind, geht es an die erste Aufgabe. Wir haben nicht mehr so viel Zeit, aber im Sommer ist es ja lange hell. Kurz gesagt, ihr habt zwei Stunden Zeit, um die erste Aufgabe auf eurer Liste zu bearbeiten. Gemeinsam, verstanden? Und ich an eurer Stelle würde mich anstrengen, es geht um euer Abendessen!"

Mit einem Zwinkern und der nachdrücklichen Mahnung, auf jeden Fall im Radius zu bleiben, wurden die neun Teams in die „Freiheit" entlassen.

Paul kam gemächlich zu mir herüber geschlendert und ich erhaschte einen Blick auf die Liste.

Pilze sammeln stand da in großen Blockbuchstaben.

Na, das sollte zu schaffen sein. „Soll ich einen Korb besorgen?", fragte ich möglichst freundlich, in der stillen Hoffnung, dass Paul dann auch freundlich zu mir war.

Zu meiner Überraschung nickte er.

„Ein Messer hab ich", sagte er und deutete auf ein rotes Taschenmesser. Ich nickte zum Zeichen, dass ich verstanden hatte, und nahm einen der an der Hüttenwand aufgestapelten, geflochtenen Körbe.

Als ich zurückkam, hatte Paul noch immer die Liste in der Hand.

Mit einem Blick darauf fragte ich: „Soll ich die nehmen?"

Er zuckte die Schultern und reichte mit das Blatt Papier.

Ich faltete sie sorgfältig und steckte sie in meine Jeans. Dann sah ich ihn abwartend an.

Er nickte in Richtung Wald und ich, die den Wink mit dem Zaunpfahl verstand, machte einige zögerliche Schritte auf die Bäume zu. Paul folgte.

„Ich hoffen du weißt, welche Pilze man essen darf?", sagte ich.

In Bio war ich noch nie so gut gewesen. Paul lachte, aber es war zum ersten Mal kein spöttisches Lachen, sondern ein nettes, fast, als könne er auch freundlich sein.

„Klar, ich bin früher oft durch die Wälder gestreift, zusammen mit Dad." Ich nickte nur.

Niemals würde ich es zugeben, aber Pauls Kindheit interessierte mich brennend. „Du warst wohl bisher nicht viel in der Natur, hm?"

Da war er wieder, dieser spöttische Tonfall. Ich zog es vor, nicht darauf einzugehen und deutete stattdessen auf eine kleine Ansammlung von Pilzen, die unmittelbar vor uns aus dem Boden spross.

„Aber ich weiß, dass das Champignons sind und die kann man essen", sagte ich beinahe trotzig.

Paul beäugte die Pilze kritisch und nickte dann. Er setzte das Messer an und schnitt die Pilze sorgfältig ab.

Ich beeilte mich, sie in den Korb zu legen.

Als wir schließlich keinen Champignon mehr entdeckten, machten wir uns auf den Weg tiefer in den Wald.

Im Laufe der nächsten Stunde entdeckten wir noch mehr Champignons, einen ganzen Haufen Steinpilze und sogar ein paar Pfifferlinge. Außerdem eine Reihe an Pilzen, von denen ich noch nie gehört hatte, deren Namen Paul jedoch alle kannte und beteuerte, sie seien alle essbar.

Mir blieb nichts übrig, als ihm zu vertrauen und mich mit dem Gedanken zu trösten, dass das Camp dann wenigstens nicht wegen mir eine Lebensmittelvergiftung hatte. Wenn die Pilze doch giftig wären.

Schnell waren wir an der von John angesprochenen Schnur angekommen, einem einfachen, eng verzwirbelten Hanfseil. Paul schien sich um die Begrenzung allerdings recht wenig zu kümmern.

„Wahnsinn, dahinten sind voll viele von denen!" Er deutete auf einige Pilze, die bereits im Korb waren und den Namen einer Halskrankheit hatten.

Er wollte sich kurz entschlossen über die Schnur hinwegsetzen, doch ich packte ihn nach kurzem Zögern am Arm.

„Spinnst du?", fuhr er auf. „Nein, eher du! Das ist Regelverstoß was du da machst!"

Paul verdrehte die Augen und ich konnte ihn förmlich stöhnen hören.

„Du bist so eine dämlich Spielverderberin, weißt du das?" Das war so gemein, dass ich einige Sekunden nichts tun konnte, als ihn empört anzustarren. Doch ich fasste mich recht schnell und giftete zurück: „Nein, ich will nur nicht, dass unser Team disqualifiziert wird. Aber von mir aus, bitte – geh! Ich hab dich gewarnt, wenn du Ärger willst, deine Sache, ich gehe!"

Und mit diesen Worten kehrte ich ihm den Rücken und machte mich auf den Rückweg.

Ich war so wütend, dass ich mich momentan um die Mahnung, sich nicht zu trennen, recht wenig scherte. Doch zu meiner Überraschung holte Paul mich nach einigen Metern leicht keuchend ein.

Ich schaffte es, die Augenbrauen hochzuziehen. „Also doch der legale Weg?"

Paul grinste. „Nö, aber ich als Teamer kann es doch nicht verantworten, dass du hier alleine rumläufst!"

Mistkerl. Ich nickte jedoch nachdrücklich. „Ja, vor allem, weil es dich in Schwierigkeiten bringen würde!"

„Genau!" Paul schien zufrieden, dass ich den Sachverhalt so schnell kapiert hatte. Ich konnte ein ungläubiges Lachen nicht unterdrücken.

Doch dann erinnerten wir uns wohl beide wieder daran, dass wir Teenager waren und keine Kleinkinder. So normal wie möglich sagte ich: „Wir haben noch eine halbe Stunde – wenn wir einen anderen Weg zurückgehen bekommen wir den Korb bestimmt noch voll."

Paul schien an dieser These nichts auszusetzten zu haben, denn er nickte zustimmend und wir schlugen uns gemeinsam durch das Unterholz.

Als wir schließlich rechtzeitig am Camp eintrafen war der Korb tatsächlich beinahe bis zum Rand gefüllt. Als ich auf die Wiese blickte, hätte ich ihn jedoch beinahe fallen gelassen, so sehr hatte sich der Platz verändert.

Anstelle der weitläufigen grünen Fläche war nun eine Lagerfeuerstelle eingerichtet, darum waren klobige aber unbestreitbar gemütlich aussehende Sitzgelegenheiten aus Holzpaletten aufgestellt. Hinter der Hütte war eine Outdoor-Küche entstanden und einige Mitcamper waren bereits dabei, jede Menge Gemüse und Kräuter klein zu schneiden.

Ich erkannte einige Paprika, Tomaten und etwas Grünes, das wie Minze aussah. Ich stellte den schweren Pilzkorb auf hölzerne Anrichte und wandte mich zu Suzanna: „Kann ich euch was helfen?" Suzanna sah von der Tomate, die sie gerade schnitt, auf und erwiderte: „Oh, danke Liz, aber wir kommen eigentlich zurecht. Aber frag doch Valentin und Jonas, ich könnte mir vorstellen, die brauchen dich eher."

Ich folgte ihrem ausgestreckten Zeigefinger, der ein paar Meter weiter deutete. Dort waren zwei große Jungen damit beschäftigt, scheinbar weitere Möbel aus Paletten zusammenzuzimmern. Ich nickte und ging zu ihnen.

„Jungs, braucht ihr Hilfe?", fragte ich. Valentin, ein stämmiger Siebzehnjähriger, nickte dankbar. Ich half ihm, die Paletten festzuhalten, während Jonas sie mit circa einer Tonne Nägeln zusammenhämmerte.

Als die letzte Bank schließlich stand klopfte er sich die Hände ab.

„Danke, Elizabeth. Hilfst du uns noch schnell, die unter diese Markise zu tragen?" Er wies auf eine gelb-weiß gestreifte Markise, die an der Rückseite des Bungalows befestigt war.

Ich nickte und wir hoben die erste Bank an. Sie war ganz schön schwer, aber mit vereinten Kräften und ein bisschen Hilfe von Eric, der überraschend dazustieß, hatten wir schließlich eine Tafel für zwanzig Personen unter dem Schattenspender stehen.

Unterdessen war auf dem niedrig brennenden Feuer ein Eintopf vorbereitet worden, gemixt aus all den Utensilien, die wir in unseren zwei Stunden zusammengesucht hatten.

Für mich war es ein gänzlich neues Gefühl, in einer so großen Gruppe zusammen ein so großes Projekt zu machen, aber es gefiel mir gut.

Man hatte das Gefühl, dass man zu etwas benötigt wurde. Gerade hatten Aline, Michelle und Luisa Schüsseln an alle verteilt hatten winkte Bill schon: „Das Essen ist soweit!"

Wir stellten uns einer Reihe auf, damit wir etwas bekamen, denn inzwischen waren wir alle ziemlich hungrig. Nun, das das Feuer schon mal brannte entschlossen wir, dass wir uns nicht an den Tisch setzen würden, sondern auf die Bänke um das Lagerfeuer.

Sobald alle Eintopf in ihren Schüsseln hatten, sprachen wir mit John zusammen ein Tischgebet und begannen dann zu essen.

Währenddessen waren wir sehr ruhig, jeder war mehr mit sich selbst als mit sonst jemandem beschäftigt.

Doch nach dem Essen wurde die Runde schnell belebter.

Einige erbarmten sich und nahmen die Schüsseln und Löffel von allen, um sie zu spülen, die anderen bereiteten den Lagerfeuergesang vor, der anstand. Einige Teamer hatten Gitarren dabei und John hatte aus der Kirche, in der er öfters Gottesdienste hielt, Liederbücher mitgebracht.

Sobald die fleißigen Küchenbienen mit Spülen fertig waren, wurde das erste Lied angestimmt. Zunächst sangen wir nur aus den Liederbüchern, aber schnell begannen wir, uns Lagerfeuerlieder zu wünschen, die überhaupt nicht darin standen.

Ich war normalerweise kein großer Singfan, ich fand, dass ich keine besonders schöne Stimme hatte. Aber hier in der Gruppe und am Lagerfeuer, dass einen warmen, feurigen Glanz in unsere Gesichter warf, fühlte es sich genau richtig an. Ich saß zwischen Anne und Suzanna, zufälligerweise genau gegenüber von Paul. Ich betrachtete fasziniert die tanzenden Lichter, die das Feuer in seinen blauen Augen verursachte und wäre vermutlich in diesem Anblick versunken, hätte nicht plötzlich Jake gefragt: „Wie stehts mit dir, Liz, kannst du Gitarre spielen?"

Sofort spürte ich, wie mir Röte ins Gesicht schoss. Die Antwort war, ich hatte mal Gitarrenunterricht gehabt, allerdings war das bestimmt schon sieben Jahre her. Ich glaubte kaum, dass ich noch viel wusste, aber jetzt vor allen kneifen wollte ich auch nicht.

„Kann sein", schränkte ich also ein, dankbar, dass das Feuer meinen glühenden Kopf nicht so auffallen ließ.

Jake reichte mir seine Gitarre und ich spürte, wie sich alle Blicke auf mich richteten. Mit leise hämmerndem Herzen machte ich meine Finger mit den Saiten vertraut.

Die Griffe fielen mir relativ schnell wieder ein, aber ich zweifelte daran, dass ich jemals ein Lagerfeuerlied gelernt hatte.

Momentan fiel mir nur „Der Vogelfänger" ein, und das war definitiv nicht das richtige. Doch dann traf mich ein Geistesblitz.

Ich hatte mal *County Roads, take me home* gelernt.

Das war nicht so kompliziert und ich traute es mir schon zu. Ich suchte unsicher nach dem Anfangsakkord, spielte ihn leise an... es klang schrecklich falsch.

Leise probierte ich weiter, aber nichts klang, wie es klingen sollte.

Inzwischen sah ich sicherlich aus wie ein Radieschen mit Sonnenbrand und war schon kurz davor zu sagen, ich könne mich an nichts erinnern, da fand ich plötzlich den richtigen Akkord.

Wie durch Zauberhand kehrte ein Teil meiner Erinnerungen zurück und als ich den ersten Takt leise anspielte kam ich in den Rhythmus.

Ich begann, lauter zu spielen, aber anders als die anderen schaffte ich es nicht, dazu auch noch zu singen. Zum einen konnte ich nicht so schön singen und zum anderen hätte ich dann todsicher die Melodie verloren.

Das führte dazu, dass bei mir erstmal keiner mitsang und ich den Anfang und einen Teil der ersten Strophe komplett alleine spielte.

Es war mir so unangenehm, dass ich kurz davorstand, das verkorkste Konzert abzubrechen, da ging ein Raunen durch die Reihe und einige begannen miteinander zu flüstern.

Dann hörte ich jemanden leise summen und im Refrain setzten dann vereinzelte Leute mit ein.

Durch deren Beispiel angeleitet erkannte der Rest das Lied auch und sang mit. Es war ein unbeschreibliches Gefühl zu wissen, dass ich all diese Leute leitete und die mit meinem Gitarrenspiel sangen.

Das gab mir Selbstbewusstsein und im letzten Part traute ich mich sogar, mit zu singen.

Als der letzte Akkord verklang strahlte ich von einem Ohr zum anderen. Ich, die schüchterne Elizabeth Cole, der alles sofort peinlich war, hatte es geschafft, für ein komplettes Camp ein Lied auf der Gitarre zu spielen und sie zum Mitsingen zu animieren!

Ich schaute die anderen an uns sah, dass auch sie lächelten, Caro steckte einen Daumen in die Höhe. Ich traf Pauls Blick und sah zu ersten Mal so etwas wie Anerkennung darin und das machte mich doppelt stolz.

Doch als Paul merkte, dass ich das gesehen hatte, schien er sich wieder an sein Image zu erinnern.

„Das war ja nicht schlecht, Prinzesschen. Aber jetzt zeige ich dir mal, wie man das richtig macht."

Kurz war ich versucht, sauer zu werden, aber ich entschied, dass ich dafür zu gutgelaunt war. Also ging ich um das Feuer herum, drückte ihm die Gitarre in die Hand und sagte: „Na, dann bin ich mal gespannt, Großmeister der Gitarrenspielkunst!"

Ich grinste ihn verschmitzt an und ging auf meinen Platz zurück. Paul strich sanft über die Saiten des Instruments. Dann schloss er kurz die Augen und stimmte eine sanfte, langsame Melodie an, die ich von ihm gar nicht erwartet hätte.

Wie die anderen auch begann er mit seinem Spiel zu singen und mir lief unwillkürlich ein Schauer über den Rücken. Ich hatte alles erwartet, alles, nur nicht, dass Paul so eine schöne Stimme hatte!

Sie war weder kratzig noch zu hoch, sie lag in der Tonlage, die wohl in einem Chor im Alt oder höheren Tenor eingestuft worden wäre und war ein bisschen rauchig. Dazu kam, dass das Lied, welches er spielte, zu meine absoluten Lieblingsstücken gehörte. Es war *Halleluja* von Bon Jovi.

Es gehörte zu diesen Liedern, die ich hundertmal hintereinander hören könnte und es klang auf der Gitarre viel besser, als ich erwartet hatte.

Dazu der „Chor" aus zwanzig Teenagern in vermutlich zwanzig verschiedenen Tonlagen – es war magisch.

Das Feuer knackste und knisterte und untermalte die Szenerie noch feierlicher. Auf einmal stieß mich Suzanna in die Seite.

„Frierst du?" Ich schaute relativ verblüfft auf meine Arme, die mit Gänsehaut überzogen waren.

Eigentlich war es ziemlich warm hier, aber die Atmosphäre war eben so schön. Trotzdem beeilte ich mich zu nicken und „Ein bisschen" zu sagen, damit niemand Verdacht schöpfte.

Paul beendete sein Lied mit einem letzten, sanften Akkord und mit lautem Applaus wurde der Rundgesang für zu Ende erklärt.

Alle erhoben sich langsam und streckten sich, vom langes Sitzen waren die Muskeln recht steif geworden.

Ich fröstelte jetzt wirklich in der kühlen Luft, die einen sofort umgab, wenn man ein paar Schritte vom Feuer wegging. Der Himmel war noch immer nicht ganz dunkel, ein Hauch von rosa war noch am Horizont zu sehen.

Aber ein Blick auf meine Uhr verriet mir, dass es schon reichlich spät war.

Es gab pro Geschlecht bloß ein „Badezimmer", bestehend aus einer Toilette, einem Waschbecken und einer kleinen Dusche. Diese Räume an der Westseite des Bungalows waren natürlich sofort belegt und da ich keine Lust hatte, mir ewig in einer Schlange die Beine in den Bauch zu stehen, ging ich zu den Klippen.

Dort setzte ich mich in eine Mulde zwischen zwei Steinen, die genau die richtige Größe für meinen Hintern hatte.

Ich ließ die Beine baumeln und schaute auf das Wasser, dass dunkel und ruhig unter mir lag, wie ein gigantischer Spiegel. Nur ab und an kräuselte eine kleine Welle die Oberfläche für einen Augenblick.

Ich schloss die Augen und ließ zu, dass der Wind mein Gesicht liebkoste und mir die Haare zerzauste. Für einige Sekunden erlebte ich vollkommene Harmonie mit mir selbst, dann hörte ich Schritte auf dem Kiesweg hinter mir.

Die Person setzte sich neben mich und ich erkannte Anne.

„Wunderschön, nicht wahr?", fragte sie und deutete auf das Meer. Ich nickte und wir sahen uns an.

„Weißt du, es würde mich gar nicht wundern, wenn du zum Ende des Camps sein Halstuch bekommst."

Auf meinen fragenden Blick hin deutete sie auf das moosgrüne Tuch das sie, wie mir jetzt erst auffiel, immer um den Hals trug, und begann zu erklären, worum es sich dabei handelte.

Das Halstuch diene als Erkennungszeichen zwischen den Pfadfinderstämmen und habe außerdem viele praktische Funktionen. Bei Sonne konnte man es beispielsweise als Kopftuch benutzen oder als Verband, wenn man sich geschnitten hatte.

Und das Halstuch sei auch die offizielle „Aufnahme" in den Kreis der Pfadfinder. Wenn ich meines also nach dem Camp bekäme, wäre ich ein richtiges Stammmitglied.

Dieser Gedanke faszinierte mich, aber ich schüttelte den Kopf.

„Quatsch, Anne, doch nicht nach so kurzer Zeit!" Anne schien einen Augenblick nachzudenken.

„Doch, ich denke schon", meinte sie schließlich. „Du machst dich wirklich gut. Und was gäbe es Besseres, um dich zu beweisen, als so ein Camp?"

Obgleich ich dies auch mit Kopfschütteln abtat und meinte, das John und Suzanna das im Leben nicht so früh machen würden, freute ich mich doch über das Vertrauen, welches mir von Anne entgegenkam.

Sie schielte durch die Dunkelheit zum Waschhaus, das noch von Michelle und Aline belagert wurde, und seufzte auf.

„Komm, wir machen uns am besten auf den Weg zurück, sonst bekommen wir noch Ärger, weil man uns sucht." Das klang einleuchtend und ich ließ mich von Anne hochziehen.

Sie klopfte sich Sand und Gras von der Jeans und lief den Kiesweg entlang zurück zum Camp. Ihr roter Pferdeschwanz wippte fröhlich, als ich ihr folgte.

Da wir nicht noch mehr Zeit vertrödeln wollten, gingen wir mit unseren Wasch-und Umziehsachen zu zweit in die Kabine.

Ich zögerte jedoch, mich einfach so umzuziehen.

Anne schien das zu bemerken, jedenfalls sagte sie durch einen Mund voll Zahnpasta: „Isch schau di nisch weh!"

Auf mein geprustetes „Wie bitte?" musste sie lachen, spuckte die Zahncreme ins Waschbecken und wiederholte: „Ich schau dir nichts weg!"

Jetzt musste auch ich lachen und zog mich um. Anne tat dasselbe und wir verließen Seite an Seite den Waschraum.

Bloß Carmen und Charlotte standen noch davor, kichernd, aber eindeutig müde. Nach dem langen Tag waren wir alle so bettreif, dass wir nicht mehr viele Worte wechselten und uns in unsere Schlafsäcke kuschelten.

Ein fahler Streifen Mondlicht fiel durch die Fenster und das Gebälk der Hütte knarrte leise, beinahe beruhigend.

Ich schloss die Augen und dachte an Kat in London. Auch sie hatte heute Ferien bekommen.

Mit einem leisen Lächeln dachte ich daran, wie wir immer den Ferienanfang zusammen zelebriert hatten. Direkt nach der Schule waren wir zum Busbahnhof gerannt, um den frühsten Bus zu erwischen, der nur zu Ferienbeginn fuhr. Dann hatten wir unsere Schultaschen zu der jeweils einen nach Hause gebracht, immer abwechselnd jedes Jahr.

Dann waren wir mit der U-Bahn nach London City gefahren. Nach einem Mittagessen, wahlweise bestehend aus Fish `n Chips, Hamburgern oder sonstigen Leckereien, hatten wir uns dann immer ein anderes Nachmittagsprogramm zusammengestellt.

Ob wir jetzt in den Londoner Zoo gingen oder in eine Vorstellung im Covent Garden – Kat und ich fanden immer etwas und sparten unser Taschengeld hauptsächlich für diesen Tag.

Bei dem Gedanken daran musste ich grinsen.

Im fahlen Licht des Mondes sah ich Anne zwei Matratzen weiter liegen, ihre roten Haare schimmerten sanft.

Ach ja, dachte ich, während ich mich auf die Seite rollte, Anne war eine wirklich gute Freundin. Aber gegen Kat kam keiner an, soviel stand fest.

Am nächsten Morgen wurde ich höchst unsanft geweckt.

Genauer gesagt von einem ohrenbetäubendem Klappern und Klingen das klang wie ein Ritter, dessen Rüstung nicht gut saß, der aber trotzdem in die Schlacht rannte.

Ja, ich weiß, schlechter Vergleich, aber ich war einfach noch zu müde, um irgendwas zu denken.

Ich zog mir den Schlafsack über den Kopf, aber das nützte auch nicht wirklich viel. Also setzte ich mich ächzend auf und blinzelte in den Raum.

Meine Augen benötigten eine geraume Weile, um sich an das helle Licht zu gewöhnen, sodass ich meine Mitcamper zunächst nur als verschwommene Silhouetten sah.

Nach und nach wurde das Bild jedoch immer klarer und jetzt konnte ich auch erkennen, woher der Lärm kam: Die ganzen Teamer waren mit Pfannen aus Edelstahl und einem Holzlöffel ausgestattet und trommelten, was das Zeug hielt. Protestierend hielt ich mir die Ohren zu.

„Spinnt ihr?", murmelte ich, denn Schreien hätte bei diesem Krach ohnehin keinen Zweck gehabt. Obwohl ich mir die Ohren zuhielt hörte ich ein Lachen neben mir und sah auf.

Es war Suzanna. Ich nahm die Hände von den Ohren und beschwerte mich: „Was soll dieser Lärm?"

„Oh, da darfst du dich jetzt jeden Morgen dran erfreuen! Die Idee von Jake und Paul natürlich… naja, man gewöhnt sich daran. Aber ich glaube, jetzt sind alle wach. Hey, Paul! Leute, es reicht! STOP!"

Letzteres schrie sie so laut, dass *wirklich* jeder wach war.

Die Trommler, die im Mittelgang standen, versuchten eine unschuldige Miene aufzusetzen, doch nicht alle schafften es.

Jake und Eric krümmten sich vor stummer Heiterkeit. Ich schüttelte grinsend den Kopf und gähnte.

Allmählich wurden auch die anderen verschlafenen Gesichter wacher und alle begannen sich fertigzumachen.

Suzanna und Valentin verließen die Hütte als erstes, die anderen blieben lieber noch ein bisschen im behaglichen Bett.

Ich griff nach meiner Jeans und einem frischen T-Shirt, denn das von gestern roch zu sehr nach Lagerfeuerqualm.

Das Shirt war türkis und hatte einen weißen Fleck am Saum. Das war Deckweiß, die ich irgendwann im Kunstunterricht mal darauf gekleckst hatte, deshalb trug ich es normalerweise nicht mehr.

Aber für ein Pfadfindercamp war es allemal schön genug, dazu noch meine schon etwas ausgetretenen Sneaker und fertig.

Mein Blick schweifte über den doch relativ kleinen Raum. In der Mitte war zwischen den Bettenlagern eine Schnur gespannt, die gerade von Philipp abgehängt wurde.

Daran waren drei Betttücher getackert, was einen provisorischen Sichtschutz bildete. Das war nötig, wenn Jungs und Mädchen gemeinsam in einem Raum schliefen, hatte John uns erklärt. Es war aber jedem relativ egal.

Tagsüber wurde die Schnur sowieso abgehängt und man musste sich zum Umziehen ja nicht mitten in den Raum stellen.

Nun, da der Blick frei war, erkannte ich das Chaos, in das wir die Hütte gestürzt hatten. Bei den Jungs lagen aufgerissene Chipstüten und Socken zwischen Reisetaschen, Coladosen und Kopfhörern.

Aber auch wir Mädchen hatten ziemlich gute Arbeit geleistet: Aus einem offenen Täschchen mit der grellpinken Aufschrift *Life, Love and Beauty* waren Mascara, Concealer und Nagellacke in mindestens drei Nuancen gefallen.

An Carmens Fußende lag eine bunte Ansammlung von Gummibärchen und Michelle hatte eine gefühlte Fotogalerie neben ihrer Matratze. Ich grinste.

Ich selbst war ja auch nicht gerade der ordentlichste Mensch, aber bei solchen Veranstaltungen neigten die Sachen dazu, sich doppelt so schnell, doppelt so weit und doppelt so großflächig zu verteilen als sonst.

Es war ein wahres Wunder, wenn am Abreisetag alles wiedergefunden wurde! Mit sowas hatte ich Erfahrung, ich hatte oft genug mit Kat irgendwo gezeltet.

Und wir sprechen hier von Kat, dem wohl chaotischsten Wesen der Erde.

Mit einem letzten Blick auf meine Schlafecke vergewisserte ich mich, dass mein Zeugs nicht auch kreuz und quer durch die Gegend flog, zwei – drei Mal mit der Taschenbürste durchs Haar gekämmt, dann ging ich nach draußen.

Dort zeigte sich mir der herrlichste Sonnenaufgang, den ich je gesehen hatte. Trotz der frühen Stunde (meine Uhr zeigte halb neun) lag schon ein Hauch von Wärme in der Luft, der Himmel war wolkenlos blau und unter den Klippen spaltete das Sonnenlicht das Wasser in tausende Farben auf.

Ich schloss die Augen für einen Moment und sog tief die leichte Brise ein, die hier immer wehte. Ein weiterer Unterschied zu England, wo die Luft dauerhaft zu stehen schien.

Aber hier war sie fast immer in Bewegung und hatte einen einzigartigen Duft nach Salzwasser, Gras und Holz.

Gedämpfte Stimmen von hinter der Hütte zogen dann jedoch meine Aufmerksamkeit auf sich. Neugierig ging ich um die Ecke und musste mich stark zusammenreißen, um nicht laut loszulachen.

Suzanna und Valentin waren damit beschäftigt, ein großes weißes Tischtuch auf den gestern gezimmerten Holztisch zu legen.

Sinn hinter der Aktion war, dass es nicht schlimm war, wenn jemand kleckerte, da man das Papiertuch ohne größeren Aufwand entfernen und umtauschen konnte. Doch der Wind machte ihnen einen Strich durch die Rechnung.

Zu zweit konnten sie nicht an jedem Ende gleichzeitig sein und wenn eine Seite dann mal ordentlich lag, wurde die andere vom Wind weggeblasen und alles lag wieder schief.

Ich würgte ein Lachen hinunter und fragte laut: „Kann ich was helfen?"

Valentin sah mich an. „Wenn du zufällig weißt, wie man den Wind anhält?"

„Oder ein Mittel hast, das Tischdecken am Tisch festhält?", fügte Suzanna hinzu. Verzweifelt um eine ernste Miene bemüht erwiderte ich: „Wie wäre es mit Klebeband?"

Suzanna schlug sich die Hand vor die Stirn. „Klebeband! Gott, bin ich blöd, wozu habe ich diese Rolle denn mitgenommen?!"

Und sie eilte in die Hütte. Valentin und ich sahen uns an, dann brachen wir beide in Gelächter aus.

Suzanna, die mit einer Rolle Tesafilm zurückkehrte, sah uns kurz an, dann stimmte sie mit ein.

Immer noch kopfschüttelnd klebte sie die Papiertischdecke sorgfältig am Tisch fest.

„So. Den Wind will ich sehen, der das da noch abbekommt!", sagte sie zufrieden. „Na, dann hoffen wir mal, dass es keinen Orkan gibt", erwiderte Jonas, der unbemerkt hinter uns getreten war, trocken.

Er griff nach einem Stapel Teller, der auf der Anrichte stand und machte sich daran den Tisch zu decken.

Nun trudelten auch nach und nach die anderen ein, ein bisschen müde vielleicht, aber schon glänzend gelaunt.

Aline grub eine Handvoll Besteck aus einem Korb, während Bill und Christoph Platten mit Aufschnitt und Käse zubereiteten.

Ich warf einen Blick auf den Kühlschrank und fragte unbestimmt: „Wie bekommt der denn hier Strom?"

Es war mehr eine rhetorische Frage gewesen, an niemand bestimmtes gerichtet, daher erschrak ich sehr, als mir plötzlich jemand antwortete.

Lucas, der gerade an mir vorbeigelaufen war, fühlte sich offenbar angesprochen, denn er blieb stehen und antwortete: „Ach, das ist eigentlich eine ganz witzige Geschichte. Anfangs hatten wir immer nur so winzige Steckerleisten mit, die gerade mal zehn Watt oder so hatten.

Für diese technischen Sachen, die du haben musst, Handy, du weißt schon. Und aus Jux haben ein paar Leute dann irgendwann mal einen Minikühlschrank mitgebracht, diese kleinen Teile da, fürs Wohnzimmer.

Ursprünglich war nur Schokolade drin, damit die bei der Hitze nicht wegläuft. Und das ganze Zeug für aufs Brot hatten wir nicht dabei.

Aber dann waren größere, mobile Steckerleisten im Angebot und auch so ein Stromkasten für unterwegs und da dachten wir, wozu gibt es die Dinger denn? Und wir haben zusammengelegt und seitdem haben wir einen Reisekühlschrank. Aber wirklich nur fürs Frühstück, sonst könnten wir ja gleich in eine Jugendherberge gehen."

Er zwinkerte und ich nickte grinsend. Als der Tisch gedeckt und auch die letzten Nachzügler eingetroffen waren, sprach John mit uns ein Tischgebet und das Buffet war eröffnet.

Die ersten Minuten war nichts zu hören außer klapperndem Besteck und Bechern, die genommen und wieder abgestellt wurden.

Zu müde und zu hungrig, um viele Worte zu wechseln war jeder erstmal mehr mit sich beschäftigt.

Doch nachdem der erste große Hunger gestillt war und sich eine lockere Gesprächsatmosphäre gebildet hatte, räusperte John sich.

Alle schauten für einen Moment von ihren Tellern auf und sahen ihn an.

„Ja, also, wenn ihr mal auf eure Listen schaut, dann fällt euch vielleicht etwas auf." Er unterbrach sich, weil sofort ein Rascheln und Murmeln begann, als jeder seine Liste rauskramte.

Auch ich zog das dreimal gefaltete Blatt aus meiner Hosentasche und las die Aufgabe.

Tag 2: Holz sammeln stand da, direkt darunter **Spiel 1**.

Ich sah mich um, um zu sehen, ob das auch bei den anderen stand.

Offenbar tat es das, denn Charlotte setzte an: „Was bedeutet…?"

John unterbrach sie mit einem Nicken.

„Wie ihr seht, steht auf eurer Liste Spiel eins. Wenn ihr euch umseht werdet ihr feststellen, dass ihr alle die gleiche Aufgabe auf eurer Liste habt, nämlich Holz sammeln. Und das werden wir als Teamspiel gestalten. Bedeutet, euer Partner und ihr tretet gemeinsam – ich betone *gemeinsam* – gegen die anderen Teams an. Wie das Spiel genau funktioniert erkläre ich euch, wenn wir den Tisch abgeräumt haben. Wir treffen uns auf der großen Wiese!", setzte er noch hinzu und hob damit die Tafel auf.

Während wir die Teller stapelten und die Platten zurück zum Kühlschrank trugen gab es natürlich nur ein Thema: Den Wettbewerb.

Suzanna und Bill, die natürlich alles wussten, schwiegen eisern und verschwanden nach einiger Zeit in Richtung Wiese.

Wir spülten rasch das Geschirr und fegten die Krümel von der Tischdecke, dann gesellten wir uns dazu.

Die Luft knisterte vor gespannter Aufregung, als alle die neun Paletten entdeckten, die auf der Wiese ordentlich in einer Reihe lagen.

Es waren Paletten von dieser Sorte, wie man sie in Getränkemärkten findet, bloß kleiner, in etwa so groß wie ein DIN A 3 Blatt.

Alle warteten ungeduldig auf die letzten Nachzügler und starrten schließlich erwartungsvoll John an, der daraufhin zu erklären begann: „Nun, ihr seht diese Paletten hier. Die Aufgabe ist prinzipiell ganz einfach, es geht darum, so viel Holz wie möglich darauf zu stapeln.

Aber, bedenkt bitte, es geht hier um Feuerholz. Also nichts mit Unmengen von Blättern dran, ja? Dazu kommt, dass es nicht um die Anzahl an Holzstücken geht, sondern um die Höhe des Turms. Eure Holzstücke dürfen nicht mehr als zwanzig Zentimeter pro Seite abstehen, also keinen halben Baum anschleppen, Leute! Und", an dieser Stelle musste er die Stimme ein wenig erheben, da viele Mädchen schon länger ein bisschen murrten, „damit es gerecht bleibt: Es bringt euch rein gar nichts, die Palette hierzulassen und einfach möglichst viel Holz zu holen. Der Clou bei diesem Spiel liegt darin, möglichst geschickt zu bauen, sodass der Turm auch getragen werden kann.

Die Feuerprobe wird sein, eine von uns festgelegte Strecke mit dem Turm zu laufen. Wenn er zusammenstürzt oder jemand heimlich festhält, bekommt das Team keine Punkte! Gibt es noch Fragen?"

Ein gemurmeltes Nein war die Antwort, jeder wollte so schnell wie möglich loslegen.

Mein Herz klopfte aufgeregt, als Paul betont lässig zu mir hinüberschlenderte. Ich wollte allein schon eine gute Leistung erbringen, damit ich Paul zeigen konnte, dass auch ich zu etwas fähig war.

Suzanna ging mit einer Liste herum und kontrollierte, dass wirklich jeder mit seinem Partner zusammen war.

Bill verteilte unterdessen kleine Äxte, die wir zum Zerkleinern von Totholz nehmen durften.

Paul nahm unsere, dann stellten wir uns zu den anderen in eine Reihe. Mein Herz klopfte wie verrückt, ich war komplett angespannt.

John zählte langsam von drei herunter und stieß dann einen kräftigen Pfiff aus. Sofort rannten alle los auf eine Palette zu, auch Paul und ich.

Er schnappte sich die Palette und lief in Richtung Waldrand. Kurz wollte ich rufen, dass er gefälligst warten sollte, aber ich entschloss, dass das nichts als unnötige Streitereien geben würde.

Also beeilte ich mir, hinterher zu kommen, und holte ihn nach einigen Metern ein. Inzwischen war Paul zwischen zwei Bäumen stehengeblieben und betrachtete sie nachdenklich.

„Zu dumm, dass wir nichts von den Bäumen schneiden dürfen. Das hier wäre das ideale Feuerholz." Ich wusste nicht, was ich darauf erwidern sollte und beschied mich damit, die Schultern zu zucken.

Dann nahm ich die kleine Palette in Augenschein.

Während Paul tiefer in den Wald vordrang bemerkte ich: „Jetzt ist es gut, wenn man Tetris spielen kann."

Paul blieb gerade mal so lange stehen, um mir einen fragenden Blick zuzuwerfen. Ich hob die Augenbrauen. „Tetris? Das Spiel, wo man Bauklötze ineinander stapeln muss?"

„Keine Ahnung", erwiderte er und ich schüttelte ungläubig den Kopf.

Hatte der Kerl keine Kindheit gehabt?

„Wozu soll uns das überhaupt nützen?", tönte es von vorne.

„Bitte?", ich konnte nicht fassen, wie blöd er sich anstellte. „Na, damit wir unser Holz geschickt stapeln können, stabil und so?", sagte ich in einem Ton, in dem man einem Kind erklärt, dass eins und eins zwei ergibt.

Doch Paul meinte nur „Was für ein Quatsch" und begann einen auf dem Boden liegenden Baumstamm mit der Axt zu bearbeiten.

„Was ein Blödmann", murmelte ich leise, half ihm aber beim Sammeln von kleinen Ästen und Zweigen. Nach etwa einer Stunde hatten wir schon einen ganz schönen Haufen Holz neben unserer Palette liegen.

„Jetzt müssen wir aber langsam mal schauen, ob das überhaupt alles da drauf passt", schlug ich vor, da ich keine Lust verspürte, später von einem instabilen Holzstapel erschlagen zu werden.

Paul schien nichts dagegen zu haben, denn er nickte und meinte: „Okay, schau du nach, ob du noch ein paar Zweige zum Lücken füllen findest, ich versuche solange, das Zeugs aufzustapeln."

Ich war einverstanden und machte mich auf den Weg ins dichtere Unterholz. Paul konnte ja auch nett sein, nur machte er sich meist nicht die Mühe dazu.

Doch ich beschloss, ihn von nun an freundlicher zu behandeln, in der Hoffnung, dass er das dann auch tat.

Nach etwa zehn Minuten hatte ich meines Erachtens nach genügend Holzstückchen zusammengesucht und machte mich auf den Weg zurück. Doch als ich bei Paul ankam ließ ich vor Schreck beinahe das Holz fallen.

Denn anstatt neben einem Holzstapel zu stehen hockte Paul inmitten einer wirren Ansammlung von Holzstücken auf dem Boden und fluchte halblaut.

„Was zur Hölle ist denn hier passiert?", fragte ich entgeistert.

Paul sah mich an und fauchte bloß: „Der Holzstapel ist zusammengekracht, sonst nichts!"

Mir fiel auf, dass er seine rechte Hand schützend vor die Brust drückte und hakte sofort nach: „Was ist mit deiner Hand?"

„Nichts", entgegnete Paul schnell, doch von so einer lahmen Ausrede ließ ich mich nicht täuschen.

„Zeig her", befahl ich und widerwillig streckte Paul den Arm aus, sodass ich seine Hand sehen konnte.

Ein langer, ziemlich tiefer Schnitt zog sich quer über seinen rechten Handrücken. Ich vermutete, dass er von einem scharfkantigen Holzscheit stammte.

Der Schnitt blutete ziemlich heftig und musste höllisch brennen. Rasch legte ich das Holz neben der Palette ab und sah Pauls Hand genauer an.

Er begann schon zu protestieren, er sei kein Schwerverletzter und ich solle gefälligst nicht so einen Aufstand machen, doch gleichzeitig zuckte er zusammen, als ich seine Hand berührte und rief: „Au, pass doch auf!"

Ich murmelte eine Entschuldigung und dachte fieberhaft nach. Die Aufgabe sausen lassen wollte ich eigentlich nicht, aber Paul konnte mit seiner Hand unmöglich weitermachen.

Im Wald war es nur eine Frage der Zeit, bis Dreck in die Wunde käme und dann würde sich Pauls Hand entzünden.

Ich wollte schon sagen, dass wir abbrechen müssten, da kam mir ein Geistesblitz. Ich dachte an mein Gespräch mit Anne letzte Nacht.

„Gib mir dein Halstuch", bat ich.

Paul sah aus, als würde er an meinem Verstand zweifeln, nestelte aber an seinem Hals herum und reichte mir das ebenso moosgrüne Tuch wie Annes.

Ich faltete es, sodass ein etwa dreißig Zentimeter langer und fünf Zentimeter breiter Streifen entstand.

Diesen wickelte ich dann behutsam um Pauls verletzte Hand, ignorierte sein „Autsch!" und steckte ihn mit einer Haarnadel von mir fest.

„So, vorsichtig jetzt. Wir müssen zurückgehen, dann können wir…"

„Spinnst du?", unterbrach Paul mich aufgebracht. „Du willst doch wegen dieser dämlichen Hand jetzt nicht das komplette Spiel knicken?! Vergiss es!"

Ich schloss die Augen und wollte zu einer Moralpredigt ansetzen, gab mich jedoch geschlagen. Ich murmelte nur etwas von wegen „Jungs!", sagte dann aber laut: „Na schön, aber sei gefälligst vorsichtig! Und das hier mache ich jetzt mal", fügte ich mit einer ausladenden Geste auf die herumfliegenden Holzstücke hinzu.

Paul entgegnete nichts, er konnte mit seiner Hand wohl eher schlecht eine Axt benutzen.

Ich seufzte ergeben und machte mich an die Arbeit. Bevor ich jedoch begann, die Holzstücke wahllos auf die Palette zu stapeln griff ich nach der Axt.

„Sei gefälligst vorsichtig mit dem Teil!", sagte Paul nachdrücklich und bewegte behutsam seine Hand.

„Ob du es glaubst oder nicht, das ist nicht das erste Mal, dass ich eine Axt benutze! Und du halt jetzt gefälligst die Hand ruhig!"

Paul verdrehte die Augen, doch ich wandte mich jetzt den größten Holzteilen zu. Mit der scharfen Klinge begann ich sie vorsichtig in schmalere Scheite zu zerteilen, die ich dann auf die Palette setzte.

Ordentlich und für meine Verhältnisse ziemlich akkurat machte ich mich daran, den Stapel systematisch aufzubauen, wobei ich immer wieder kleinere Äste als Füllwerk benutzte.

Paul saß die ganze Zeit ungewöhnlich still da, was mich irgendwie beunruhigte. Also fragte ich nach ungefähr der Hälfte des Stapels: „Geht das mit deiner Hand, oder ist es noch sehr schlimm?"

Paul zuckte von meinem wohl unerwartet sanften Tonfall zusammen und murmelte etwas von wegen, es ginge schon.

Doch ich machte mir Sorgen, daher schlug ich vor, dass wir erstmal den halben Stapel probeweise tragen sollten, um zu sehen, wie viel Paul tragen konnte.

Er hatte gewissermaßen ja nur eine Hand.

Paul stimmte zu und rappelte sich hoch. Dann griffen wir jeder je eine Seite der Palette und hoben sie vorsichtig Stück für Stück hoch.

Es hatte schon ein ordentliches Gewicht, aber wir glaubten beide, noch ein bisschen mehr zu schaffen.

„Aber ich tue nicht mehr alles drauf!"

In dieser Position blieb ich standhaft und erinnerte Paul daran, dass wir den Stapel ja auch noch tragen mussten.

Paul fand es schließlich in Ordnung, auch wenn er nicht begeistert war.

Doch zu einer Auseinandersetzung kam es nicht mehr, weil wir auf einmal feststellten, dass wir kaum noch Zeit hatten.

Also legten wir die Axt auf den Stapel und machten uns langsam, da wir ja einen Stapel Holz zu tragen hatten, auf den Rückweg.

Es dauerte eine geraume Weile, aber wir waren rechtzeitig zurück im Camp.

Es herrschte bereits reges Treiben, John und Suzanna lotsten alle in die jeweilige Startposition für die anstehende Probe.

Die letzten waren Anne und Carmen, beide hatten ein paar Schrammen im Gesicht, wirkten jedoch rundum zufrieden.

Ich zwinkerte ihnen kurz zu, dann wandte ich meine Aufmerksamkeit John zu, der uns erklärte, was wir gleich zu tun hatten.

Die Paare würden nacheinander eine abgesteckte Strecke von fünf Metern laufen. Von all jenen, bei denen der Stapel stehen blieb, würde nachher die Höhe gemessen werden.

Was folgte war ein Spaß, wie man ihn sich nur schlecht ausmalen kann. Bei fast jedem Paar fielen die Holzscheite nach der Hälfte der Strecke zu Boden.

Anne und Carmen bekamen mittendrin so einen Lachanfall, dass sie ihre Palette abstellen mussten, um sich nicht in Gefahr zu bringen.

Allerdings waren Eric und Jonas die ersten, die ihren Stapel heil ins Ziel brachten und alle klatschten wie verrückt.

Auch Caro und Luisa schafften es, dann waren Paul und ich an der Reihe. Ich wollte eigentlich fragen, ob das wirklich ginge mit seiner Hand, doch er warf mir einen mörderischen Blick zu und ich ließ es.

„Bereit?", murmelte ich, als ich in Position ging.

Er nickte knapp, dann hoben wir die Palette an. In kleinen, vorsichtigen Schritten bestritten wir die fünf Meter – und es gelang uns tatsächlich, den Stapel heil ins Ziel zu schaffen.

Mit leicht zitternden Händen klatschte ich Pauls unverletzte Hand ab.

Nach uns kamen noch Jake und Christoph.

Auch für sie schien es beinahe leicht zu sein, den Stapel zu transportieren und kein Scheit fiel zu Boden. Das bedeutete, dass sie gewonnen hatten, denn ihr Stapel war wahnsinnig hoch.

Bill maß der Fairness halber trotzdem nach und notierte die Punktzahlen: Jake und Christoph lagen mit fünf Punkten auf Rang eins, danach folgten Eric und Jonas mit vier Punkten, Paul und ich hatten drei und Caro und Luisa zwei.

Der Rest bekam dafür, dass sie wenigstens Holz gesammelt hatten jeweils einen Punkt.

„Sag mal, was hast du denn da für ein Kunstwerk?", fragte Jake mit einem Blick auf Pauls Hand.

Ich schaute für den Bruchteil einer Sekunde zu ihm, dann gab ich vor, mich brennend für einen kleinen Marienkäfer zu interessieren, der vor meinen Füßen herumkrabbelte.

Pauls Antwort hörte ich aber trotzdem: „Ach, nichts Weltbewegendes, hab mich ein bisschen aufgeschürft und Miss Drama meinte, dass sie das verbinden muss." Wie bitte? Das ging jetzt aber deutlich zu weit.

Mit blitzenden Augen fuhr ich ihn an: „Ein bisschen aufgeschürft? Du hast da verdammt noch mal einen richtigen Schnitt drin, von wegen ein bisschen! Und du hättest dich ja nicht verbinden lassen müssen, ist dir das klar, ich wollte nur nicht, dass da Dreck reinkommt und du dir eine Blutvergiftung einfängst! Aber bitteschön, wenn du scharf darauf bist, dann helfe ich dir nächstes Mal eben nicht mehr!"

Ich schleuderte meinen vernichtendsten Todesblick nach ihm und rauschte dann so würdevoll wie möglich davon.

Zwanzig Augenpaare folgten mir, doch es war mir gleichgültig. Blut pochte in meinen Ohren und ich fühlte zersetzende Wut auf Paul.

Wozu verschwendete ich meine Zeit eigentlich, um an so einen Idioten zu denken?!

Ich lief ins Bungalow und pflanzte mich auf meine Matratze, wartete schon auf Schritte, die mir folgten.

Doch nichts geschah, ich nahm an, dass Anne ihnen gesagt hatte, dass sie mich lieber in Ruhe lassen sollten. Ich war ihr unaussprechlich dankbar dafür.

Einige Minuten starrte ich mit wütend pochendem Herzen an die weiß verkalkte Decke, da hörte ich die Tür aufgehen.

Aus dem Augenwinkel erkannte ich, dass es weder Anne noch Caro war, und mit jemand anderem wollte ich gerade nicht sprechen.

Die Person kam näher und ich brummte dumpf: „Geh weg!" Das war vielleicht nicht besonders nett, aber mir war nun mal nicht nach Gesellschaft.

Doch diese Person ließ sich nicht beeindrucken, sie hockte sich auf Suzannas Matratze und wartete.

„Geh weg!", wiederholte ich, aber die Gestalt sagte: „Nein. Nicht, bevor du mal zwei Sekunden zuhörst."

Ich erkannte Jakes Stimme.

Na bravo, auch noch Pauls bester Freund. Was wollte er? Mich auch noch zur Schnecke machen?

Mit hochgezogenen Augenbrauen wandte ich mich ihm zu. Zu meiner Überraschung sah er gar nicht so aus, als wolle er sich über mich lustig machen. Aber er sagte nichts.

„Ja, ich höre", meinte ich deshalb.

Ein leichtes Grinsen schlich sich auf sein Gesicht.

„Gut. Ich wollte nur sagen, dass du dich nicht ärgern lassen sollst. Paul kann es nicht ab, wenn ein Mädchen was besser kann als er, kratzt an seinem Ego.

Und tja, du hast dich nun mal genau richtig verhalten. Im Ernst, ich hab eine Sanitäter Ausbildung, du hast richtig gehandelt. Lass dich von Paul nicht ins Bockshorn jagen."

Ich zuckte die Schultern. „Ist mir doch egal, was der von mir denkt", log ich.

Aber Jake lachte nur.

„Ach komm, ich bin doch nicht blind, ich sehe doch, dass du auf ihn stehst!", stichelte er.

Ich wurde rot. Hatte ich es mir so deutlich anmerken lassen?

Aber Jake grinste. „Ist doch nichts dabei. Und jetzt komm, kleine Schmollnase, raus aus dem Haus!"

Ich lachte und ließ mich von ihm hochziehen.

Jake war wirklich cool. Fast wie der große Bruder, den ich mir immer gewünscht hatte: zwei, drei Jahre älter, beschützerisch und ein richtig guter Freund. Gemeinsam verließen wir das Häuschen und gingen zu den anderen zurück.

Zwar sahen uns manche ein bisschen komisch an und ich befürchtete schon, dass sie jetzt irgendetwas total verkehrtes denken würden, da entkrampfte Jake die unangenehme Situation, indem er laut genug sagte: „So, kleine Schwester, jetzt ist es genug mit beleidigt sein!"

Den anderen war daraufhin ja klar, dass ich für Jake eben die „kleine Schwester" war und der Verdacht, da könnte war zwischen uns laufen, war hinfällig.

Dankbar lächelte ich ihn an, er zwinkerte und gesellte sich zu Paul und Christoph. Ich schlenderte zu Anne und Caro und erzählte ihnen, was beim Holzsammeln wirklich gewesen war.

Sie fanden es beide sehr unfair von Paul, mich so bloßzustellen, wo ich ihm doch geholfen hatte, und ich fühlte mich sofort besser.

Da hatte ich mir schon zwei tolle Freundinnen geangelt! Und als ich den Blick über die Wiese wandern ließ und Jakes Blick traf wurde mir klar, dass ich wohl auch meinen ersten besten Freund gefunden hatte.

Meine Laune hatte sich nach dem Mittagessen (es gab die Reste vom gestrigen Eintopf) wieder vollends gebessert.

Ich lachte und redete und schaffte es sogar, Paul zuzugrinsen.

Er wandte zwar rasch den Kopf ab, aber er funkelte mich wenigstens auch nicht genervt an, was ich jetzt mal optimistisch als Fortschritt wertete.

Als wir nach dem Essen gerade alles abgeräumt hatten und mir ganz angenehm dösig zumute wurde, trat Suzanne zu uns.

Caro, Anne, Luisa und ich hatten uns im Schatten der Hütte zusammengerollt und ruhten uns mit geschlossenen Augen aus.

Erst ein leises Klicken verriet Suzannas Anwesenheit und ich riss die Augen auf. Suzanna stand über uns und hielt eine Digitalkamera in der Hand.

„Was wird das denn?", murmelte ich und hielt eine Hand über die Augen. Auch die anderen drei regten sich nun.

Suzanna lachte und zeigte das Foto, das sie geschossen hatte: Caro und Luisa lagen auf dem Rücken, die Köpfe einander zugewandt, sodass ihr Schultern sich berührten.

Anne und ich lagen mit dem Kopf jeweils auf dem Bauch von einer. Es sah zu komisch aus und alle fünf prusteten los.

„Ich druck es euch aus", versprach Suzanna, dann bat sie uns, mitzukommen.

Auf der Wiese waren bereits die anderen versammelt und schauten erwartungsvoll zu Bill und John.

Als schließlich die geballte Aufmerksamkeit auf den drei Campleitern lag, verkündete John uns, dass wir jetzt eine Viertelstunde Zeit hatten, um uns fertig zu machen, dann wollten wir zu einem kleinen Fluss gehen und dort baden.

Das ließen wir uns nicht zweimal sagen, inzwischen war es nämlich wirklich heiß geworden und da kam jede Abkühlung recht.

Wir flitzten also in die Hütte und kramten nach unseren Badesachen, die wir auf ausdrückliche Anweisung hin alle mitgebracht hatten.

Michelle und Aline rannten sofort zum Klo, um sich dort umzuziehen, aber wir restlichen Mädchen hängten einfach die Trennschnur auf und zogen uns in unserer Hälfte um.

Ich schlüpfte in meinen kirschroten Triangel-Bikini, der eine Art „Spitzenvorhang" über dem Dekolleté hatte, sodass ich nicht zu fürchten brauchte, dass irgendwer etwas sah, das ich lieber nicht zeigen wollte.

Darüber warf ich ein lockeres Kleid, das blau-rot gestreift war.

Die braunen Sandalen dazu und fertig. In letzter Sekunde fiel mir noch die Sonnencreme ein, ich nahm sie in die Hand und ging dann auf die Wiese zurück. Dort warteten bereits alle.

Suzanna zählte durch und dann gingen wir los, über einen ausgetretenen Trampelpfad durch die sirrende Hitze.

Ich lief ein Stück hinter Anne und Caro neben Suzanna.

Wir plauderten angeregt über dies und das und ich erzählte ihr alles über London. Suzanna war hin und weg und erzählte mir, dass es schon immer ihr Traum gewesen war, mal nach London zu fahren. Ich konnte das gar nicht glauben, ich meine, Lebenstraum London?

Na gut, ich war in der Stadt aufgewachsen aber trotzdem. „Du warst wirklich noch nie in London?", hakte ich zum dritten Mal ungläubig nach.

Suzanna lachte.

„Nein, eigentlich war von uns Pfadfindern noch keiner aus Irland weg. Na gut, doch, Paul war in den letzten Sommerferien mit seiner Freundin auf einem Britannien-Trip, aber sonst..."

Ich hatte das Gefühl, mit einem Aufzug rasend schnell in die Tiefe zu fahren.

„Paul hat eine Freundin?", stieß ich hervor.

Sophie nickte, als sei es das Selbstverständlichste der Welt. „Ja, sie heißt Maria. Ist aber nicht in unserem Club. Aber vielleicht kommt sie demnächst mal vorbei hat Paul gesagt."

Ich nickte nur. Paul hatte eine Freundin.

Ich wollte mir einreden, dass mir das schnurz war, aber das war es nicht. Verdammte Scheiße.

Warum war ich eigentlich so felsenfest davon ausgegangen, dass er Single war? Oh Gott, wie blind war ich nur gewesen, warum sollte einer wie Paul denn Single sein?

Ich meine, natürlich, er war ein Arschloch, aber er sah verdammt gut aus und konnte Gitarre spielen und... ich konnte mir vorstellen, dass er sogar ganz nett sein konnte.

Nur eben zu mir nicht. Diese Tatsache war so ernüchternd und deprimierend, dass mir die Lust auf das Schwimmen verging.

Aber da hatte ich nicht mit Anne gerechnet – die wollte nämlich unbedingt ins Wasser.

Und stellte erst an unserem „Lagerplatz" fest, dass sie keine Sonnencreme dabei hatte.

„Mist, wo bekomme ich die denn jetzt her?", fluchte sie. Ich reckte die Flasche in meiner Hand.

„Anne!", rief ich, um ihre Aufmerksamkeit zu bekommen. Sie sah mich an und ihr Gesicht hellte sich auf. „Cool, danke! Komm, wir cremen uns gegenseitig ein."

Ehe ich protestieren konnte hatte meine Freundin mir die Flasche aus der Hand geschnappt und ihr Strandkleid ausgezogen.

Der bunt gemusterte Dreiecksbikini stand ihr wirklich ausgesprochen gut, das musste ich neidlos anerkennen.

Sie steckte ihren roten Zopf gekonnt so ins Haargummi, dass eine lockere Schlaufe in ihrem Nacken hing.

„Na los, Schnecke, mach hinne!", forderte sie mich stichelnd auf. Ich seufzte ergeben, ermahnte mich dann allerdings selber, kein Spielverderber zu sein.

Anne konnte ja auch nichts dafür.

Ich streifte das Kleid ab und ließ mit von Anne Sonnencreme geben. Auch sie drückte sich einen Klecks auf die Hand und befahl mir, mich umzudrehen.

Doch anstatt mir wie erwartet den Rücken einzucremen begann sie etwas darauf zu malen. Es fühlte sich unbeschreiblich komisch an, kühl und flüssig und es kitzelte.

Anne und ich bemalten uns gegenseitig mit der weißlichen Creme und kringelten uns vor Lachen.

Aber schließlich siegte doch unsere Vernunft und wir machten schnell fertig.

Ich tippte vorsichtig einen Zeh ins Wasser und fuhr zurück.

Das war ja eiskalt! Im arktischen Meer zu schwimmen wäre genauso warm!

Anne schien das nichts auszumachen, sie stieg ruck zuck bis zu den Knien in den Fluss.

Ich bemerkte, dass Paul mich ansah und biss die Zähne zusammen. Jetzt war die Gelegenheit mich vor ihm mal nicht zum Trottel zu machen.

Ich tat, als habe ich gar nicht bemerkt, dass er zu mir sah und stieg ins Wasser.

Es war so kalt, dass mir die Luft wegblieb, aber ich zwang mich weiterzugehen. Und tatsächlich, wenn man eine Weile drinnen war ging es eigentlich.

Ich wagte mich bis zur Hüfte vor, dann schaute ich unschlüssig zu Anne, die bereits ausgelassen herumplanschte.

„Zähl mal bis drei", bat ich sie.

Sie schaute mich an, als habe ich den Verstand verloren, tat aber wie ihr geheißen. „Eins...zwei...drei!", rief meine Freundin, ich hielt die Luft an und tauchte unter.

In den ersten ein zwei Sekunden hatte ich das Gefühl, man ziehe mir die Haut vom Körper.

Die Kälte brannte förmlich auf meiner Haut und ich rang nach Luft.

Doch als ich meine Atmung wieder unter Kontrolle hatte, war es richtig angenehm.

Ich schwamm zu Anne, die mich entgeistert anstarrte. „Okay...das ist auch eine Variante", sagte sie einigermaßen beeindruckt.

Ich musste lachen und begann sie mit Wasser vollzuspritzen.

Anne verstand den Wink mit dem Zaunpfahl und schon bald war die herrlichste Wasserschlacht in Gange.

Es dauerte nicht lange und selbst die Jungs machten mit. Wir lachten spritzten mit der eisigen Gischt und hatten verdammt viel Spaß.

Bloß Luisa hatte sich nicht überreden lassen ins Wasser zu kommen und protestierte jetzt heftig, weil auch sie bei unserem Geplansche keine Chance hatte, trocken zu bleiben.

„Stopp! Leute, aufhören!", rief sie über unser kindliches Geschrei hinweg.

Kurz darauf quietschte sie auf, weil eine Ladung Flusswasser sie mitten ins Gesicht getroffen hatte.

„PAUL!", brüllte sie und stand auf, die Hände in die Hüften gestemmt.

„Ach komm, sei doch kein Spielverderber!", rief Carmen, die ja in sicherer Entfernung im Wasser stand. Luisa schleuderte einen Todesblick nach ihr, doch die Jungs waren bereits zustimmend eingefallen.

Paul, Jake und Christoph bewegten sich ans Ufer, wo Luisa noch immer stand. Diese realisierte zu spät, dass es an der Zeit wäre zurückzutreten und flugs hatten die drei Jungen sie hochgehoben.

Christoph hielt sie unter den Armen, Jake und Paul jeweils ein Bein fest.

„Halt, stopp, was soll das werden?!", rief sie und leichte Panik war aus ihrer Stimme zu hören.

Die Jungs begannen sie zu schleudern und dabei laut von zehn runterzuzählen.

Mir wurde schlagartig klar, was sie vorhatten und ich rief: „Das ist gemein, Leute!" Aber Anne boxte mich in die Seite und ich konnte nicht umhin zu grinsen.

Aber dennoch…, wenn man einfach so in Eiswasser geworfen wurde konnte ich mir nicht vorstellen, dass der Körper das toll fände.

Ich sah verstohlen zu Jake. Der war doch sogar Sanitäter!

Ihm schien das im selben Moment aufzufallen, denn er sagte etwas, das wir im Wasser nicht verstehen konnten.

Er und Paul schienen kurz zu diskutieren, dann ließen die drei Luisa runter.

Diese seufzte und rieb sich die Fußknöchel. Doch plötzlich spritzte Valentin einen riesigen Schwall Wasser auf sie und sie sprang kreischend zurück.

„Okay, okay, ich ergebe mich!", rief sie und begann sich aus ihrem grünen Kleid zu schälen. Sie hatte einen ebenfalls grünen Badeanzug darunter und kam langsam auf die Uferböschung zu.

„Wehe, jetzt spritzt einer!", sagte sie drohend. Anne machte zwar Anstalten, neckend nach ihr zu spritzen, aber ich nahm sie beim Handgelenk und hinderte sie daran.

Anne verdrehte zwar die Augen, blieb aber, wo sie war. Wir alle beobachteten nun Luisa, die sich langsam, Stück für Stück ins Wasser wagte.

Als sie schon bis zum Bauch drinstand kam plötzlich Paul von hinten und gab ihr einen Stoß.

Luisa schrie erschrocken auf, ehe sie unterging. Kaum zwei Sekunden später tauchte sie prustend und spuckend wieder auf und ging auf Paul los.

„Du bist so ein IDIOT!", schrie sie und lief so schnell, wie das Wasser es ihr erlaubte.

Paul floh, aber auch er konnte sich nur in Zeitlupe bewegen.

Es sah zu komisch aus, wie Luisa hinter Paul herrannte und mit Wasser nach ihm spritzte. Bald konnten wir vor Lachen kaum noch atmen und schließlich fielen auch Paul und Luisa mit ein.

Bill und Suzanna, die das Ganze von Rand aus beobachtet hatten, schüttelten nur den Kopf.

Suzanna hatte glaube ich beinahe einen Herzinfarkt erlitten, als die Jungs Luisa ins Wasser schmeißen wollte.

Ich musste grinsen und begann erneut Caro und Anne vollzuspritzen.

Wir hatten wahnsinnig viel Spaß und als Suzanna nach gefühlten fünf Minuten verkündete, wir müssten gehen, ließen alle ein einstimmiges „Was, nein!" vernehmen.

„Jetzt schon?", beschwerte sich Jonas.

Suzanna lachte. „Schon? Ihr seid schon seit über drei Stunden da drin, es wird schon dunkel!"

Das war übertrieben, noch stand die Sonne am Himmel, aber am Horizont bildete sich bereits ein leichtes Rosa.

Ich seufzte wie die anderen auch und stieg hinter Melanie aus dem Fluss.

Jetzt, wo man so ungeschützt dastand, war es doch relativ kalt und eine Gänsehaut überzog mich.

Ich begann mit den Füßen zu tippeln, während ich mich abtrocknete und in mein Streifenkleid schlüpfte.

Dann machten wir uns geschlossen auf den Weg zurück zum Camp.

Es war ein Wahnsinnsgefühl so in der Dämmerung dahinzulaufen. Der Himmel vor uns färbte sich immer dunkler und zeigte ein faszinierendes Farbenspiel, in der hintersten Ecke des Horizonts blinkten schon die ersten Sterne.

Das war noch so eine Absonderlichkeit an Irland. Wenn der Sonnenuntergang erstmal begonnen hatte, dann wurde das Licht innerhalb kürzester Zeit ganz und gar verschlungen. Ich fand es magisch.

Ein paar Teamer begannen „Weißt du wie viel Sternlein stehen" zu singen, und auch wenn das eigentlich ein Kindergartenlied war, es schuf eine wunderschöne Atmosphäre. Bald stimmten alle mit ein und so singend erreichten wir schließlich die große Wiese.

In den nächsten Tagen wurde aus unserer Gruppe eine zusammenstehende Gemeinschaft. Selbst wenn man sich noch nicht so lange kannte hielt man zusammen und half einander.

Natürlich existierte weiterhin der Wettbewerb zwischen den Teams, aber er war rein freundschaftlicher Natur.

Keinem würde es einfallen, auf Kosten der anderen Teams irgendetwas gemeines zu tun.

Ich kannte das nicht, in unserer Klasse früher hatte es beinahe pausenlos Macht- und Rangkämpfe gegeben und am Ende stand immer jemand blöd da.

Sowas konnte hier nicht passieren.

Die erste Woche im Camp war vergangen wie im Flug und der Teamwettstreit war vorangeschritten.

Nach mittlerweile zwei Spielen führe das Team von Jake und Christoph, danach folgen Jonas und Eric und danach, mit nur einem Punkt Abstand, Paul und ich.

Es würde also im letzten Spiel entschieden werden, welches heute stattfand.

John hatte uns noch nicht gesagt, worum es ging und die sirrende Anspannung war beinahe greifbar.

Das Frühstück verlief ruhiger als sonst, alle warteten ungeduldig darauf, dass John endlich mit Essen fertig würde. Er schien das zu bemerken, denn er grinste und legte mit quälender Langsamkeit sein Besteck beiseite.

Charlotte, die ihm am nächsten saß, stieß ihn ungeduldig an. John musste lachen. „Na, dann spanne ich euch mal nicht länger auf die Folter. Kommt."

Er stand auf und wir folgten ihm wie eine Herde Schafe. Auf der großen Wiese versammelten wir uns und John begann zu erklären.

„Also, in diesem letzten Spiel müsst ihr sowohl Köpfchen als auch Schnelligkeit beweisen. Es geht um eine Art Rallye, jedes Team bekommt einen Bogen mit Aufgaben, die ihr erfüllen müsst.

Es geht sowohl nach Richtigkeit als auch nach Ankunftszeit, wobei die Korrektheit der Aufgaben bei der Bewertung natürlich vorgeht. Dennoch habt ihr einen Vorteil, wenn ihr als erstes hier ankommt.

Also, Bill und Suzanna verteilen jetzt die Aufgabenzettel. Aber noch nicht anschauen! Erst auf mein Kommando, klar?"

Alle murmelten zustimmend und Bill und Suzanna gingen mit Zetteln umher.

Paul nahm unseren und hielt ihn so fest, als hinge sein Leben davon ab. Ich starrte abwechselnd ihn und John an, der wartete, bis jeder seinen Bogen hatte.

Dann zählte er und gab das Startsignal.

Sofort drehten alle Teams den Zettel um.

Paul und ich sahen beide so hastig darauf, dass wir beinahe mit den Köpfen aneinanderstießen.

„Findet drei essbare Grünpflanzen", stand da als erster Punkt.

Sofort liefen wir los, brauchten nicht mal einen Blick, um uns abzusprechen. Wir hielten auf den Wald zu.

„Löwenzahn", keuchte ich im Rennen. „Löwenzahn kann man essen und Brennnesseln auch."

Das war alles, was ich mir aus dem Biologieunterricht behalten hatte. Paul nickte und erwiderte, ohne das Tempo zu drosseln: „Ja, und es dürfte hier auch Minze geben. Oder zur Not Spitzwegerich."

Ich hatte keine Ahnung, was Spitzwegerich sein sollte, aber ich beschloss, da lieber Paul zu vertrauen.

Und tatsächlich, nach kaum zehn Minuten hatten wir einige Löwenzahnblätter, einen Stängel Minze und ein Brennnesselblatt in einer Tüte verstaut.

Die zweite Aufgabe war, einen Abdruck von einem Pilzhut auf das Papier zu machen. Auch das war schnell erledigt, Pilze wuchsen im Wald mehr als genug. Wir kamen auch gut durch die nächsten drei Aufgaben, dann kam ein kniffligerer Teil: „Benenne mindestens fünf Tiere, die zu entdeckst, dazu der Ort, an dem du sie siehst."

Das war natürlich damit man sich nicht einfach ein Tier ausdachte, aber es kostete Zeit. Wir hatten bereits Amsel, Schnecke und Raupe aufgeschrieben und rannten durch das Dickicht, als es plötzlich geschah.

Und mit plötzlich meine ich plötzlich. Ich hatte nicht einmal Zeit, um zu schreien oder überhaupt etwas zu tun.

Ich merkte nur, wie mein Fuß in einem Kaninchenloch oder so hängen blieb, dann ein hässliches Knacken und ein Schmerz als treibe mir jemand ein Messer in den Knöchel.

Sofort fiel ich zu Boden.

Ich konnte mich nicht rühren, spürte den Schmerz kaum und doch so heftig, dass mir Übelkeit aufstieg.

Paul hatte zunächst überhaupt nicht mitbekommen, dass ich zurückgeblieben war, aber er hörte meinen leisen Ruf: „Paul!"

Sofort fuhr er herum und kam, als er mich auf dem Boden liegen sah, im Laufschritt zurück.

„Elizabeth? Was ist passiert?"

Die Welt um mich herum schien seltsam zu schwanken, als sei ich auf dem Deck eines Schiffes festgebunden. Die Bäume und alles verschwammen immer mehr, ich brachte ein schwaches „Loch... Knöchel..." hervor und zitterte vor Anstrengung, gegen die Übelkeit anzukämpfen.

Paul hockte sich neben mich, er war ganz blass.

Dann packte er kurz entschlossen meine Arme und zog mich hoch. Es tat so weh, dass ich kurz aufkeuchte.

„Elizabeth, wir müssen ins Camp, das verstehst du, o-
der? Komm, das schaffst du." Er klang, als spräche er
mehr sich selbst als mir Mut zu, aber ich bemerkte es nicht.

Ich musste nämlich inzwischen meine ganze Kraft darauf verwenden, nicht ohnmächtig zu werden.

Trotzdem biss ich die Zähne zusammen und ließ mich
von Paul stützen. Bei jedem Schritt, den wir machten, jagte
ein stechender Schmerz wie von einem Elektroschock
durch mein Bein und Tränen verschleierten meine Sicht.

Warum konnte nicht einmal alles glatt laufen?

Ich weiß nicht wie, aber wir schafften es aus dem Wald.
Doch ich musste mich immer mehr auf Paul stützen und
kurz vor dem Ziel, ich konnte das Camp schon erblicken,
traf mich die Keule der Schwärze mit einer Wucht, die
mich buchstäblich von den Füßen riss.

Ich schaffte es gerade noch, mich an Pauls Arm festzu-
klammern, hörte, wie er nach Jake rief, der gerade aus dem
Wald stürmte, dann verlor ich das Bewusstsein.

Ich hörte ein monotones Summen, dass sich wie eine
Nadel in mein Trommelfell bohrte, dazu der beißende
Geruch von Desinfektionsmitteln.

Ich versuchte die Augen zu öffnen und überra-
schenderweise gelang es mir sogar. Für einige Sekunden
wurde ich von hellem Neonröhrenlicht geblendet, doch
allmählich konnte ich die Silhouette eines Mädchens mit
roten Haaren ausmachen.

Nach weiteren Augenblicken dämmerte mir, dass das
Anne sein musste. Ihr schien im selben Moment aufzufal-

len, dass ich wach war, denn sie riss die Augen auf und rief irgendwas, das ich nicht verstand.

„Wo bin ich?", krächzte ich und versuchte mich aufzusetzen.

Doch eine Hand drückte mich sanft, aber bestimmt zurück in die weichen Kissen des Bettes, in dem ich lag. Ich erkannte jetzt auch, zu wem die Hand gehörte.

Es war John, der da neben Anne stand, und auf der anderen Seite des Bettes standen Suzanna und Caro.

Ich sah mich, so gut das eben im Liegen ging, um, und entdeckte in einer Ecke des Raumes – mein Herz machte einen Hüpfer – Paul, der auf einem Stuhl saß und ziemlich blass aussah.

Abermals versuchte ich mich aufzusetzen und abermals drückte John mich wieder ins Bett.

„Was ist denn überhaupt passiert?", wollte ich wissen. Ich klang, als habe ich einen Frosch verschluckt.

Aber alle sahen mich nur ratlos an, wie um zu sagen: „Das wüssten wir auch gerne."

Überraschend meldete sich Paul zu Wort: „Elizabeth ist im Wald in einem Loch hängengeblieben und hat sich den Knöchel gebrochen. Ich habe sie aus dem Wald gebracht, aber kurz vor dem Camp wurde sie ohnmächtig. Christoph hat den Krankenwagen informiert."

Ich bemerkte, dass er es sorgfältig vermied, mich anzusehen. Peinlich berührt senkte ich den Kopf. „Es tut mir echt leid, ich will hier nicht total… alles aufhalten", murmelte ich beschämt.

Anne schlug mir leicht auf den Arm. „Jetzt entschuldigst du dich schon dafür, dass du einen Unfall hattest! Du spinnst ja!"

Das brachte mich zum Lachen und die anderen lachten mit.

„Es ist laut Arzt auch nicht so schlimm, aber du musst es ruhig halten. Aber keine OP oder so", beruhigte Caro mich.

Mir viel ein Stein vom Herzen. „Also darf ich wieder mit ins Camp?"

Ich sah Suzanna an. Diese wand sich ein bisschen, dann sagte sie: „Das müssen wir eigentlich erst mit deinen Eltern klären…"

Aber ich sah sie so flehend an, dass sie lachte. „Oh, na schön. Aber deine Mutter muss ich sowieso anrufen. Hast du eine Nummer?" Ich nannte Maggies Festnetznummer, die ich schon auswendig kannte, dann schloss ich zufrieden die Augen und schlief wieder ein.

Suzanna machte ihr Versprechen wahr.

Noch am selben Tag wurde ich ein letztes Mal untersucht und schließlich für gesund genug erklärt, das Krankenhaus zu verlassen.

Die Ärztin gab mir jedoch die eindringliche Mahnung mit auf den Weg, mich ja nicht zu überlasten und immer die beigelegten Krücken zu benutzen.

Ich fand die Vorstellung, mit Krücken durch das Lager zu stelzen zwar furchtbar, nickte aber brav und humpelte dann so gut es ging nach draußen.

Es war nicht gerade einfach auf Krücken zu laufen, ziemlich wackelig und dazu schmerzhaft, wenn man doch mal versehentlich das Gewicht auf den verletzten Fuß brachte.

Aber ich hatte den Dreh sehr schnell raus, während ich draußen darauf wartete, abgeholt zu werden.

Ich hatte insgeheim ziemlich Angst davor, dass John mich jetzt hier abholen würde, das wäre zu peinlich!

Umso erleichterter war ich, als ich Bill in dem blauen Volvo erkannte, der um die Ecke bog.

Er kurbelte das Fenster herunter und grinste mich an. „Na, du Pechvogel? Brauchst du Hilfe beim Einsteigen?" Ich schüttelte rasch den Kopf und ging um das Auto herum.

Keine dreißig Sekunden später saß ich neben Bill, die Krücken waren sicher auf der Rückbank verstaut.

Peinlich berührt schwiegen Bill und ich uns die erste Zeit an. Wir hatten jetzt nicht so viel miteinander zu tun gehabt und jetzt so nebeneinander im Auto… ein bisschen unangenehm war das schon.

Aber schließlich brach Bill das Schweigen: „Paul macht sich echt Sorgen."

Ich drehte den Kopf so schnell zu ihm, dass ich mir fast den Nacken verrenkte. „Echt?" Bill grinste und nickte.

Ich konnte nicht verhindern, dass mir die Röte ins Gesicht schoss. Bills Grinsen wurde noch ein bisschen breiter, als er schon auf das Campgelände einbog.

Die Röte auf meinen Wangen vertiefte dich als ich sah, dass scheinbar alle dastanden und auf uns warteten.

„Himmel, was machen die denn alle hier?", stöhnte ich. Bill konnte sich ein Lachen nicht verkneifen. „Elizabeth, hast du eine Ahnung, was hier los war?"

Wortlos schüttelte ich den Kopf, also erklärte er.

„Du kamst mit Paul aus dem Wald und warst so weiß wie eine Wand. Paul sah aus, als habe er einen Geist gesehen und er hat dich fast getragen. Und dann hast du dich plötzlich einfach an Paul festgeklammert und bist umgefallen! Das hat man aus der Entfernung aber erst nicht gesehen, doch dann hat Paul was geschrien und Jake ist zu euch gerannt und zwei Minuten später haben die zwei Jungs dich hierher getragen während Christoph einen Krankenwagen gerufen hat.

Keiner von uns hat das verstanden und aus Paul war nichts rauszukriegen. Wir hatten echt Angst um dich!", schloss er.

Ich senkte beschämt den Blick. „Tut mir leid, ich wollte kein Chaos stiften." Erneut lachte Bill auf.

„Du kannst doch nichts dafür! Komm jetzt, raus aus diesem Auto oder die anderen werden sonst was denken."

Erst jetzt wurde mir bewusst, dass wir schon seit fünf Minuten in einem stehenden Auto saßen.

Herrgott, wie peinlich! Schnell öffnete ich die Tür und Bill reichte mir von der Rückbank die Krücken.

Etwas unbeholfen zwar, aber so elegant wie möglich hoppelte ich zu den anderen, die uns bereits wie auf glühenden Kohlen erwarteten.

Ich musste mir hundert Beileidsbekundungen anhören und tausendmal versichern, dass es mir wirklich, wirklich, wirklich gut ging, bevor sie Ruhe gaben. Insbesondere

Anne und Luisa wollten sich gar nicht beruhigen, sodass ich am Ende schon ganz entnervt war.

Aber dann rettete Melanie mich aus der Situation indem sie laut fragte: „Was ist eigentlich genau passiert?"

Ich warf einen blitzschnellen Blick zu Paul, der mich ansah und kaum merklich nickte. Also holte ich tief Luft und begann zu erzählen. Als ich an der Stelle war, an der ich meinen Fuß hatte knacken hören, schlug Michelle sich die Hand vor den Mund.

„Aber ich hatte irgendwie gar keine Schmerzen. Da noch nicht."

Überraschend schaltete sich Jake ein. „Das war der Schock. Ich hab direkt als Paul mit dir aus dem Wald gestolpert kam, deinen Puls gefühlt und der ging in etwa so schnell wie ein galoppierendes Pferd!"

Er imitierte rennende Pferdehufe mit den Händen und brachte so alle zum Lachen. Das entspannte die Situation noch mehr und als Suzanna schließlich verkündete, dass meine Mutter zwar entsetzt war, mir aber erlaubte, weiter im Camp zu bleiben, wenn ich das wollte, sahen endlich alle ein, dass sie mich nicht wie das achte Weltwunder behandeln mussten.

Zwar warfen mir immer noch ein paar Leute besorgte Seitenblicke zu, ganz als fürchteten sie, ich könnte einen Anfall oder so bekommen, aber auch das ließ im weiteren Tagesverlauf schnell nach.

Die Punkte wurden gezählt und es stellte sich heraus, dass Jake und Christoph gewonnen hatten.

Allerdings war ihr Vorsprung nicht so immens, wie alle gedacht hatten: Paul und ich fielen zwar logisch in der

Wertung aus (ich schaute Paul an, aber er zuckte nur die Schultern, er war nicht böse), aber Anne und Luisa hatten durch die Rallye sogar Jonas und Eric überholt und waren mit einem Abstand von sechs Punkten zweite.

Ich freute mich fast so sehr wie meine Freundinnen selbst, als sie als Preis eine Tafel Schokolade bekamen.

„Obwohl man mit dem ersten Preis mehr anfangen kann", grinste Anne, während sie die Packung öffnete.

Die Erstplatzierten wurden für den Rest der Woche nämlich von Küchendienst befreit, ein sehr wertvolles Privileg. Ich lachte.

„Ach komm, Anne, du spülst doch so gerne!", neckte ich sie und fing mir dafür einen Stoß in die Rippen ein.

An diesem Abend gingen wir alle verhältnismäßig früh zu Bett, die Aufregung hatte uns alle sehr geschafft, aber ich schlief noch lange nicht ein. Immer und immer wieder musste ich über Bills Aussage nachdenken, dass Paul sich wirklich Sorgen um mich gemacht hätte.

Fand er mich vielleicht gar nicht so doof, wie ich immer geglaubt hatte? Dieser Gedanke verursachte mir Bauchkribbeln und Herzklopfen.

Paul hat eine Freundin! ermahnte mich eine Stimme in meinem Inneren, aber das war mir momentan egal. Ich konnte nicht umhin, mir vorzustellen, wie ich Paul gestand, was ich wirklich fühlte, und dann das Gefühl seiner Lippen auf meinen... Scheiße, ich war wirklich in diesen Mistkerl verliebt!

Er hat eine Freundin! wiederholte die Stimme. *Klappe!* erwiderte ich.

Der Lärm der Bratpfannen am nächsten Morgen blieb aus. Ich vermutete, dass die Teamer vergessen hatten, ihren Wecker zu stellen.

Aber das machte nichts, da ich inzwischen ohnehin eine Art innere Uhr besaß, die mich jeden Morgen pünktlich um halb neun weckte.

Verschlafen blinzelte ich gegen die hereinfallenden Sonnenstrahlen und rieb mir die Augen.

Alle schiefen noch.

Zumindest soweit ich das beurteilen konnte, die Jungs waren ja hinter der Abgrenzung verborgen.

So leise wie möglich stand ich auf und schlich aus der Hütte.

Ein herrlicher Morgen begrüßte mich, der Himmel über dem Meer war in zarte Aprikosenfarbe getaucht und ein sanfter Wind strich mir über die Haut.

Die feinen Härchen auf meinen nackten Armen richteten sich auf. Noch war es wirklich kühl. Nachdem ich eine Weile ziellos umher gelaufen war, hörte ich Stimmen aus dem Bungalow.

Die anderen schienen also auch langsam aus den Federn zu kriechen. Rasch ging ich zur Hütte zurück, da ich keinen Ärger mit John riskieren wollte.

Anne empfing mich mit einem herzhaften Gähnen und ich lachte.

„Ja, ich freue mich auch, dich zu sehen!" Sie boxte mir gegen den Arm.

Dann scheuchte sie mich um die Hütte herum, zum Frühstücken.

Auch das war eine recht stumme Angelegenheit, da es nicht wirklich etwas zu besprechen gab. Heute war ein freier Tag, was bedeutete, jeder konnte unternehmen, was er wollte.

Nachdenklich rührte ich in meinem Kakao herum, als Paul unvermittelt das Schweigen brach: „Ist es okay, wenn Maria heute zu Besuch kommt?"

Ich tat, als sei ich weiterhin mit meiner Tasse beschäftigt, aber meine Ohren waren bis aufs Äußerste gespitzt.

Maria war Pauls Freundin und ich konnte nicht leugnen, dass ich wissen wollte, was für ein Mensch sie war.

Auch wenn ich nicht umhinkonnte, ihr gegenüber eine jähe Asympathie zu entwickeln. Ich wusste, dass das unfair war aber… naja.

Ich half Jonas beim Tischabräumen, auch wenn er meinte, ich solle mich mit meinem verletzten Bein lieber ausruhen. Ich verdrehte die Augen.

„Ganz ehrlich, ihr braucht mich nicht zu behandeln, wie ein rohes Ei! Versteht das nicht falsch, ich finde das lieb und alles, aber ich komme klar, wirklich!"

Bill, der vorbeilief, schüttelte den Kopf, aber ich glaubte, dass er es in Wahrheit gut fand, dass ich mich nicht so leicht unterkriegen ließ.

Viel besser gelaunt pfiff ich leise vor mich hin, während ich die Teller der restlichen Pfadfinder abtrocknete und mit Jonas plauderte.

Wie Suzanna auch schon war er wahnsinnig fasziniert von meinen Erzählungen über England und London.

Jonas war ein richtiger Gebäude-Freak, er sagte mir, nach der Schule wolle er gerne Architektur studieren.

Nicht ohne Stolz berichtete ich ihm vom London Eye und dem Big Ben. Und von den unzähligen Brücken, die über die Themse führten.

Jonas´ Blick ging träumerisch in die Ferne, als ich von der komplizierten architektonischen Struktur der Milenium Bridge erzählte.

„Irgendwann komme ich auch mal nach London", meinte er mit glasigem Blick.

Ich lachte. „Sorry, aber ich habe noch nie erlebt, dass jemand so begeistert von Brücken ist, wie du!"

Auch Jonas lachte. Und zuckte kurz darauf zusammen, weil Melanie ihm die Hände über die Augen gelegt und „Buh!" gerufen hatte.

Nach dem Spülen hockte ich mich zu Anne, Caro und Carmen.

Wir quatschten eine Weile über Gott und die Welt.

Carmen schwärmte von Paris, wo sie in den letzten Sommerferien gewesen war. „Es war so toll, wir waren abends auf dem Eiffelturm, und die Stadt mit ihren ganzen Lichtern lag unter uns…"

Das konnte ich mir gut vorstellen. Auch London sah bei Nacht echt schön aus, aber Paris hatte eindeutig mehr Punkte in Sachen Romantik.

Aber Caro schüttelte den Kopf.

„Das wäre nichts für mich, das Großstadtleben. Viel zu laut und zu voll. Und man kann noch nicht einmal die Sterne sehen!"

Ich ertappte mich dabei, dass ich nickte.

Himmel, dabei war ich fünfzehn Jahre meines Lebens selbst ein Großstadtmensch gewesen.

Dennoch... dieses Leben auf dem Land war irgendwie so ganz anders, aber ich mochte es.

Ich mochte, dass man Sonnenauf und -untergänge so herrlich farbspielig betrachten konnte. Ich mochte, dass man die Sterne hier sah.

Das Zwitschern der Vögel anstelle der hupenden Autos. Blumenduft statt Abgasen. Ich mochte die Art, hier ruckzuck einzuschlafen, weil die Luft müde machte.

Ich mochte eigentlich alles hier. Anne stupste mich in die Seite.

„Lizzy!" Ich fuhr zusammen. „Wie, was? Ja?"

Die drei lachten. „Schaust du in die nächste Woche, oder wie? Wir haben dich gefragt, ob du mit Scrabble spielst!" Ich beeilte mich zu nicken.

Scrabble mochte vielleicht so ein klischeehaftes Altenheimspiel sein, aber es machte wirklich Spaß. Wir spielten eine Runde nach der anderen und Carmen gewann beinahe jedes Mal.

Sie war wirklich eine Meisterin der Sprache und sie kannte Formulierungen, die vermutlich nicht mal der Duden wusste.

„Willst du irgendwie Sprachforscherin werden oder so?", fragte Anne missgelaunt, als sie zum dritten Mal verlor.

Lustlos zerstörte sie das Wort *Waffenmitführungsgesetz* indem sie die Würfel beiseite kickte.

„Lasst uns lieber Karten spielen", schlug sie vor. Carmen und Caro waren einverstanden und ich erhob mich.

„Nix für ungut, Mädels, aber ich glaube, ich muss mich mal ein bisschen bewegen." Ich hatte schon seit geraumer

Zeit kribbelnde Beine und musste mal ein wenig umher-
laufen.

Mit einem kurzen Winken verabschiedete ich mich und
humpelte dann, so gut meine Krücken es erlaubten, davon.

Was mein Ziel war wusste ich erst, als ich angekommen
war.

Schon auf einigen Metern Entfernung hörte ich hinter
dem Haupthaus Stimmen. Eine davon war weiblich und
ich kannte sie nicht, die andere gehörte ganz unverkenn-
bar zu Paul.

Ich spitzte die Ohren. Das musste Maria sein!

Mein Hüpfschritt beschleunigte sich, als ich so schnell
und so lautlos wie möglich näherkam.

An einer Seite des Haupthauses entdeckte ich den Haar-
schopf von Jake, der nervös von einem auf den anderen
Fuß trat.

Und mir wurde auch recht schnell klar warum.

Paul und Maria schienen Streit zu haben. Jedenfalls
wurde die Mädchenstimme immer lauter und schriller, so
wie bei Julia, wenn sie wütend war.

Vorsichtig, ja kein Geräusch zu machen, schob ich mich
näher heran.

Jake hatte wohl trotzdem etwas gehört, denn er drehte
sich um und schoss mir einen warnenden Blick zu. Aber
ich schüttelte energisch den Kopf.

Ich wollte das jetzt mitbekommen.

Das war vielleicht bescheuert, aber wenn sie ihren Streit
nicht an die große Glocken hängen wollten, könnten sie ja
auch woanders hingehen.

Jake rollte die Augen, winkte mich aber zu sich heran.

Ich kam mir ein bisschen seltsam vor, wie ich da so Seite an Seite mit ihm stand, an die Hauswand gepresst wie Einbrecher, die kurz davor sind, entdeckt zu werden.

Ich spähte um die Ecke und sah zum ersten Mal Pauls Freundin.

Mein erster Gedanke war, dass ich verstehen konnte, warum Paul mit ihr zusammen war.

Sie war wirklich hübsch mit ihren langen rotblonden Haaren, die ihr in sanften Wellen über die Schultern fielen. Ihre Figur war, es gab kein anderes Wort dafür, einfach perfekt und sie hatte mandelförmige, haselnussbraune Augen.

Aber trotz ihrer makellosen Erscheinung wirkte sie im Moment nicht schön, im Gegenteil.

Ihre Augen funkelten wütend, das Gesicht war verzerrt und ihre Wangen wiesen rosa Flecken auf. Außerdem hatte sie die Hände in die Hüften gestemmt und einen Fuß vor den anderen gesetzt, jederzeit bereit zum Loslaufen. Ihre Stimme bebte vor Wut.

„Du bist in letzter Zeit so undankbar geworden, Paul, du spinnst ja wohl!"

Ich spürte, wie sich Jake neben mir versteifte. „Das sieht nicht gut aus", murmelte er mit leiser Besorgnis in der Stimme.

„Das sieht gar nicht gut aus…" Ich warf ihm einen verstohlenen Seitenblick zu.

Er hatte die Stirn in Falten gelegt und die Augen zusammengekniffen. Er schien sich wirklich Sorgen zu machen, immerhin war Paul sein bester Freund.

Jähe Sympathie für Jake flammte in mir auf, als mir klar wurde, das Kat und ich dasselbe füreinander tun würden: Immer dabei sein, um im Notfall eingreifen zu können.

Ich schaute wieder auf die sich vor mir befindende Szenerie, die sich maßgeblich verändert hatte. Paul hatte die Hände aus den Taschen genommen und war aus der ursprünglichen leichten Schutzhaltung herausgekommen.

Jetzt wirkte er wirklich wütend und mein Herz pochte schneller.

Sosehr ich Maria auch dafür hasste, dass sie mit Paul zusammen war, noch mehr würde ich sie hassen, wenn sie ihm das Herz bräche.

Mit einem Schlag wurde mir bewusst, was ich soeben gedacht hatte. Sie würde doch wohl nicht hier und jetzt mit Paul Schluss machen, oder?

„…siehst mich gar nicht mehr, bist einfach nicht mehr da!"

Paul atmete schwer, als er erwiderte: „Aber du, du bist doch diejenige, um die sich immer alles drehen muss! Ich habe dich wirklich vermisst!"

Dass das die Wahrheit war, konnte man seiner Stimme anhören. Aber Maria ließ nur ein herablassendes Lachen hören, sie hatte sich nun in Rage geredet.

„Du! Und mich vermisst! Das ich nicht lache! Weißt du was, Paul? Diese Lügen reichen mir jetzt. Ich kann nicht mehr. Das wars!"

Stille. Eine allumfassende, felsbrockenschwere Stille.

Ich spürte ein seltsames Pochen in meinen Adern, eine Mischung aus unerklärlichem Triumph und dem Verlangen, Maria eine zu scheuern.

Aber da war vor allem Schmerz, so als habe *mich* gerade jemand verlassen.

Für Sekunden verharrten Paul und Maria in ihrer Kampfhaltung, vollkommen still, ihre Brustkörbe hoben und senkten sich heftig.

Dann warf Maria das Haar in den Nacken und rauschte davon.

Sowie sie fort war schien alle Luft aus Paul zu weichen. So hatte ich ihn noch nie gesehen, er wirkte klein, beinahe verletzlich.

Jeder Hohn, jede Schlagfertigkeit schien aus ihm verschwunden zu sein, als er sich langsam umdrehte und davonging.

Es brach mir beinahe das Herz. Ich schielte zu Jake, der fassungslos an die Stelle starrte, an der Paul bis eben noch gestanden hatte.

Seine blauen Augen waren geweitet. „Das gibt es nicht", flüsterte er.

Ich spürte, wie meine Beine zu zittern begannen. Das war alles ein bisschen viel. Ich wusste nicht, was ich fühlen sollte.

Einerseits war ich unglaublich erleichtert, weil Paul nun keine Freundin mehr hatte.

Aber vielmehr als dieses egoistische Gefühl drückte mich das Entsetzen und Mitleid. Mich hatte noch nie jemand verlassen, aber Julia schon.

Und in den ersten Tagen nach der Trennung war sie das reinste Nervenbündel gewesen, sie hatte ständig geweint und schien das Lächeln verlernt zu haben. Dabei hatte sie sogar damals selber Schluss gemacht.

Wie groß mochte dann wohl der Schmerz sein, wenn man verlassen wurde?

Mit einem Mal hatte ich das Bedürfnis, Paul zu sehen. Ich wusste nicht, was ich ihm sagen sollte, aber ich konnte ihn nicht mit diesem Schmerz alleine lassen. Instinktiv machte ich einen Schritt, da fasste Jake mich am Arm.

„Elizabeth, nein. Er muss das verarbeiten."

Sein Blick sprach jedoch aus, dass auch er am liebsten zu ihm gehen würde. Kurz zögerte ich.

Ich wollte in keinster Weise Pauls Privatsphäre verletzen, aber andererseits… Ich schüttelte den Kopf.

„Jake, ich muss ihn sehen. Wenn er nicht will, kann er mich ja wieder wegschicken."

Der Junge seufzte und murmelte etwas von wegen typisch Mädchen.

„Aber sag es keinem sonst", mahnte er noch, dann ließ er mich gehen.

Das hätte ich aber sowieso nicht getan.

Langsam humpelte ich auf meinen Krücken umher. Wo könnte Paul sein? Wo würde ich hingehen, wenn es mir schlecht ginge?

Na, das war einfach. Ans Meer.

Aber würde Paul das wirklich tun?

Ich beschloss, dass es einen Versuch wert war und ging zu den Klippen. Und tatsächlich, kaum fünf Meter vom Anfang der Felsen entfernt entdeckte ich Pauls blondes Haar.

Ich blieb kurz unschlüssig stehen. Sollte ich ihn nicht doch alleine lassen?

Aber das war vermutlich die einzige Chance, mal ernsthaft mit ihm zu reden.

Also kam ich näher. Kurz bevor ich hinter ihm stand, drehte Paul sich um.

Rasch schaute er aufs Meer zurück, als er mich erkannte. Aber ich hatte das verdächtige Glitzern in seinen Augen bereits gesehen.

Ein Stechen durchfuhr mich, als spüre ich seine Schmerzen am eigenen Leib. Wortlos legte ich die Krücken beiseite und ließ mich behutsam neben ihn gleiten. Ich sah ihn nicht an, sagte nichts, sondern schaute bloß auf die endlosen Wellen. Ich ließ ihm die Möglichkeit, den ersten Schritt zu machen und zu reden, wenn er dazu bereit war.

Für eine Weile hörte man nichts außer dem Rauschen des Windes und den Wellen, die an der Steinküste leckten.

Paul schwieg. Ich wies schließlich aufs Wasser.

„Wunderschön, nicht wahr?", sagte ich leise.

Pauls Kopf zuckte ganz kurz zu mir herüber, ehe er den Blick wieder abwandte. Noch immer sagte er kein Wort, aber ich spürte, wie sich seine Verkrampfung etwas zu lösen schien.

Also holte ich innerlich tief Luft. Jetzt oder nie. „Das mit Maria tut mir leid", sagte ich.

Jetzt war es heraus. Erneut flog Pauls Kopf herum, als habe er einen elektrischen Schlag bekommen.

Aber diesmal sah er nicht wieder weg, sondern starrte mich an.

„Woher…?" Ich zwang mich, ihm in die Augen zu sehen und lächelte traurig.

Lügen war zwecklos, darum erzählte ich ihm wahrheitsgemäß, wie ich den Streit mitbekommen hatte.

Allerdings ließ ich die Tatsache aus, dass auch Jake anwesend gewesen war.

Wenn Paul wütend wurde, dann wenigstens nur auf mich.

Jake würde es ihm schon erzählen, wenn er es für richtig befand. Tatsächlich schien Paul für einen kurzen Moment wütend zu werden, doch was dann passierte schockierte mich noch vielmehr als das.

Seine Schultern sackten ab und sein Körper verkrampfte sich. Er zog die Knie an die Brust, verbarg den Kopf darin und zitterte am ganzen Körper.

Er wirkte so zerbrechlich und verzweifelt, dass es mir fast schon wehtat, ihn anzusehen.

Dennoch legte ich ihm nach einer Weile schüchtern eine Hand auf die Schultern. Paul verkrampfte sich augenblicklich, aber ich machte keine Anstalten, den Arm wieder wegzunehmen.

Ich war unsicher, aber ich wollte nicht, dass er das merkte.

Und tatsächlich, nach einigen Minuten entspannte sich Pauls Körper etwas und er schien seine Umwelt wieder wahrzunehmen.

Er holte zitternd Luft und hob den Kopf.

Sofort nahm ich den Arm weg, für den Fall, dass es ihm unangenehm war.

„Du verstehst das nicht", zischte er unvermittelt und ich zuckte zusammen.

Mein Blick klebte an einem Schiff, dass am Horizon zu erkennen war, ich wollte ihn nicht sehen lassen, dass seine Worte mich verletzt hatten. Wieder schwiegen wir, jeder war auf sich konzentriert.

„Tut mir leid", murmelte Paul auf einmal. Überrascht drehte ich den Kopf. „Wie?" „Tut mir leid!", wiederholte Paul.

„Das war unfair von mir. Du willst ja nur helfen."

Seine Wangen röteten sich, aber ich war gerührt. Nie im Leben hätte ich gedacht, dass Paul mal einen Fehler einsehen würde.

Aber das sagte ich ihm natürlich nicht, sondern lächelte und erwiderte: „Hey, alles gut. Du hast ja sogar recht."

Daraufhin musste er ein bisschen lachen. „Noch nie abserviert worden?"

Ich schüttelte wahrheitsgemäß den Kopf und Paul nickte nachdenklich.

„Ich glaube, ich hab dich hier ziemlich scheiße behandelt." Das war keine Frage, sondern eine Feststellung, und obgleich sie zu hundert Prozent zutraf erschütterte mich Pauls plötzliche Offenheit.

„Naja", beschied ich unsicher, aber Paul unterbrach mich.

„Nicht naja." Ich wollte schon widersprechen, besann mich dann jedoch.

„Hast recht. Du *hast* mich scheiße behandelt."

Paul grinste jetzt. Und auf einmal viel mir das Reden gar nicht mehr schwer.

Es ging nicht so leicht wie mit Kat oder Anne, aber allemal leichter, als ich gedacht hätte.

Wir erzählten uns gegenseitig von unseren Interessen und Vorlieben, und ich musste unwillkürlich an mein erstes Date mit Lucifer denken.

Schnell schob ich den Gedanken beiseite.

Das hier war anders als mit Lucifer. Nach einer Weile seufzte ich zufrieden.

Paul lehnte sich zurück. „Ich denke, ich muss mich bei dir entschuldigen, Elizabeth. Freunde?"

Ein Stich durchfuhr mich, obwohl ich doch eigentlich jubeln müsste. Unsere Feindschaft war vorbei! Ich rang mir ein Lächeln ab und schlug in seine ausgestreckte Hand ein.

„Freunde", bestätigte ich.

Wenn es am schönsten ist

Die Zeit im Camp verstrich viel zu schnell.

Das war mir vorher schon aufgefallen, doch nun, da ich mich mit Paul verstand, schien sie noch schneller zu laufen.

Mit einem Seufzen bemerkte ich, dass morgen schon der letzte Camptag sein würde. Diese Erkenntnis stimmte mich sehr traurig, auch wenn sich der CPC ja nicht einfach in Luft auflöste.

An diesem Donnerstag spielten wir ein riesiges Fußballturnier, bei dem jeder mitspielte, selbst Bill und Suzanna.

John machte Schieds- und Punkterichter und wir wurden in vier Mannschaften à fünf Leute eingeteilt.

Ich beharrte zwar darauf, dass ich grottenschlecht in Fußball sein und mein Team gewiss verlöre, aber das störte keinen.

Und nach dem ersten Spiel wurde mir klar, dass es hier nicht um gewinnen oder verlieren ging. Es ging um den Spaß.

Wir lachten so sehr, dass selbst Paul, der ausnahmsweise mal nicht in meinem Team war und bei den Gegnern im Tor stand, einen Schuss von Anne nicht halten konnte.

Anne spielte wie der Teufel, sie stürmte und schaffte es gleichzeitig noch irgendwie, den Ball von unserem Tor fernzuhalten.

Denn anders als im Schulsport gab es hier keine Torpfosten, die die Arbeit für mich erledigen könnten.

Dass wir tatsächlich verloren erstaunte niemanden, aber es war auch keiner enttäuscht.

Im Gegenteil, als John unsere Punktzahl und den Platz verkündete jubelten wir und freuten uns tierisch, erster von hinten zu sein.

Danach saßen wir noch ewig zusammen, ehe John uns dazu aufrief, ein Feuer anzumachen.

Valentin, dessen Job das abendliche Lagerfeuer bereits war, war ganz überrascht, als John ihn zurückhielt.

„Lass das mal bitte Elizabeth machen", bat der Pfarrer, dann beugte er sich zu Valentins Ohr und flüsterte ihm etwas zu.

Jähes Verständnis breitete sich auf dessen Gesicht aus und er drückte mir die Streichhölzer in die Hände.

Meine Finger zitterten leicht, als ich eins der roten Schwefelköpfchen anriss.

Es war jetzt nicht so, dass ich noch nie Feuer gemacht hatte, aber es war schon ein befremdliches Gefühl, wenn einem alle dabei zusahen.

Ich fürchtete, dass das Feuer nicht richtig brennen würde, sondern nur vor sich hin vegetieren.

Danach sah es zunächst auch aus, aber Christoph pustete ein paarmal kräftig in die Glut und mit einem Mal schnellten die Flammen an den geschichteten Holzscheiten hoch und tauchten unsere Gesichter in orangefarbenes Licht.

Ich setzte mich zurück zwischen Anne und Caro.

John wartete, bis alle Blicke auf ihn gerichtet waren.

„Heute wollen wir unsere Lagerfeuerrunde mal etwas spezieller machen. Ich hätte gerne von jedem Mal ein oder zwei Sätze gehört, wie er das Camp fand. Anne, fang du doch bitte an."

Anne überlegte kurz. „Mir hat es sehr gut gefallen, ich war auch zum ersten Mal dabei. Ja, doch, es hat echt viel Spaß gemacht."

So gingen wir durch den Kreis, bis ich als Letzte dran war.

Nachdenklich schloss ich die Augen und ließ die vergangenen vierzehn Tage Revue passieren. Es war so viel geschehen!

Erst die Auslosung, die Paul und mich zusammengeführt hatte, die vielen Aufgaben, das Lachen und Spielen, mein gebrochenes Bein.

Zuletzt meine Versöhnung mit Paul, die unvergesslichen Erlebnisse in der Gruppe. Ich holte tief Luft und spürte die Wärme des Feuers auf meiner Haut.

„Ich fand das Camp wahnsinnig toll", begann ich. „Wir sind zu einer großen Familie herangewachsen und… ja, ich habe so viele tolle Momente gehabt, damit könnte ich drei Fotobücher füllen. Auf jeden Fall danke an alle für die tolle Zeit!"

Ein zustimmendes Raunen ging durch die Menge, da hob John die Hand.

„In diesem Zusammenhang möchte ich gerne noch etwas machen. Es geht um ein Mitglied von uns, das eigentlich noch kein Mitglied ist. Aber ich habe mit einigen von euch gesprochen und ihr alle findet, mich eingeschlossen, dass sie schon ein fester Teil der Gemeinschaft ist. Ich spreche von Elizabeth."

Ich merkte, wie meine Wangen zu brennen begannen und wusste nicht, wohin ich gucken sollte.

Glücklicherweise fuhr John rasch fort: „Elizabeth ist nun ein gutes Vierteljahr in unserem Club und Suzanna, Bill und ich sind der Meinung, sie sollte nun ihr Halstuch bekommen. So frage ich die Pfadfinder: Ist jeder damit einverstanden, dass Elizabeth Cole in den Christlichen Pfadfinderclub aufgenommen wird und ab sofort ein Halstuch tragen darf? Dann melde man sich bitte jetzt."

Es war überwältigend. Eine Hand nach der anderen hob sich, keiner zögerte. Ich senkte den Blick.

„Danke", murmelte ich. Dann richtete sich John an mich, feierlich, wie bei einer Hochzeit: „So frage ich auch dich, Elizabeth Cole: Bist du bereit, in den Christlichen Pfadfinderclub einzutreten, die Regeln und Vorschriften einzuhalten und fester Teil der Gemeinschaft zu werden?"

Ich schaute John fest in die Augen. „Ja, das bin ich."

John nickte, er wirkte zufrieden.

„Dann überreiche ich dir hiermit dein Halstuch. Du bist nun offizielles Mitglied unseres Clubs!"

Ich stand mit wackeligen Knien auf und ging um das Feuer herum, wo der Pfarrer mit einem moosgrünen Tuch wartete, dass er mir um den Hals band.

Anne und Jake hoben als erstes die Hände, und kurz darauf applaudierten alle. Ich spürte Blut, dass in mein Gesicht stieg, aber gleichzeitig fror ich in einer Art Dauergrinsen fest.

Als ich mich schließlich wieder neben Anne quetschte und sie mir „Was hab ich dir gesagt?" zu zischte, hatte ich das Gefühl, der glücklichste Mensch ganz Britanniens zu sein.

Am nächsten Morgen wurde die gesamte Gruppe – zu der ich nun offiziell dazugehörte – von einer Nostalgie erfasst, wie immer, wenn man sich nach Wochen voneinander trennte.

Die Hektik vom Anreisetag war schleppendem Gleichmut gewichen, Lustlosigkeit erfüllte den Bungalow.

Alle kramten ihre Sachen zusammen und versuchten angestrengt, sich daran zu erinnern, was sie vergessen hatten.

Michelle lief wie ein aufgescheuchtes Huhn umher, weil sie nach ihrer Kosmetiktasche suchte.

Aline vermisste ihre pinken Kopfhörer.

Selbst Caro, die Ordnung in Person, suchte nach einem T-Shirt, dass unter unerklärlichen Umständen unter Annes Kopfkissen gefunden wurde.

Nachdem ich kurz meine Zahnbürste gesucht hatte, war alles in meinem Koffer verstaut und die Hütte verdammt leer und trist.

Es wirkte beinahe trostlos, wie wir so alle mit unserem Gepäck davorstanden. „Pelle zieht aus", scherze Paul halbherzig, aber kaum einer rang sich ein müdes Lächeln ab. Alle waren traurig, dass die Zeit schon vorbei war.

In den Wochen, die auf das Camp folgten, hatte ich eine tägliche Routine. Es waren noch immer Ferien, was bedeutete, dass ich morgens mindestens bis halb zehn schlief.

Julia war die Einzige, die diesen Rekord brach, an einem Tag schlief sie wahrhaftig bis kurz vor zwölf.

Mum und Maggie dagegen waren meist schon um acht auf den Beinen, werkelten im Garten herum oder halfen Arthur bei der Reparatur von Maggies klapprigem Kombi.

Mum fand man auch oft vor dem uralten PC der Canmoores an, wo sie nach Jobangeboten suchte.

Aber ich machte mich nach einem gemütlichen Frühstück meist auf zu Anne oder Caro, wo wir dann zusammen unseren Tag planten.

Oft fuhren wir in den CPC, aber wir gingen auch sehr viel Schwimmen oder machten einfach ein gemütliches Picknick in Annes verwildertem Garten.

Einmal begleitete ich Jake, Paul und Christoph, die an einem nahegelegenen Badestrand Surfbretter mieteten. Ich war zwar eine absolute Niete in diesem Sport und schaffte es kaum zwei Sekunden auf dem Brett zu stehen, aber Paul schwang sich durch die Wellen wie ein Boot.

Es sah so spielerisch leicht aus, als würde er fliegen und ich lag viel lieber am Strand und sah ihm zu.

Das Mittagessen in Maggies Haus verpasste ich oft, weil ich bei Freunden oder unterwegs war, aber wenn ich da war, war es super lecker.

Maggies Hobby war es, zu kochen und neue Rezepte auszuprobieren und wir waren uns alle einig, dass sie als Sterneköchin ziemlich viel Geld verdienen könnte. Gegen Abend kam ich nach Hause, wo wir gemeinsam Kniffel oder Karten spielten. Julia klinkte sich zwar meistens aus, aber als ich sie mal dazu überredete, Scrabble mit Arthur und mir zu spielen, taute sie auf.

Sie war zwar noch nicht so gut wie Carmen oder Arthur, der mal Sprache studiert hatte, aber um Längen besser als ich war sie allemal.

Die Abende ließen wir dann noch zu fünft auf der Terrasse ausklingen, wo wir Sternenbilder beobachteten und Maggie und Mum Geschichten aus ihrer Kindheit erzählten.

Ich liebte diesen Tagesablauf und war nicht gerade erfreut, als Mum mich in der fünften Sommerferienwoche am Frühstückstisch abpasste.

„Liz, sei so gut und bleib heute mal hier."

Ich hatte gerade einen Löffel Müsli im Mund, würgte ihn herunter und protestierte lautstark: „Aber Anne und Caro wollten heute endlich mal mit zum Strand gehen! Kann das nicht warten?"

Mum schüttelte den Kopf.

Hinter ihr trapste Julia in die Küche, verschlafen und mit zerzausten Haaren. Sie war wohl aus dem Tiefschlaf geweckt worden und ich begann mich zu wundern, was hier los war.

Auch Maggie und Arthur betraten jetzt die doch recht kleine Küche. Mit ernster Miene setzten sie sich an den Tisch.

Keiner sagte ein Wort und Maggie wirkte ganz aufgelöst.

Was war denn nun los, war jemand gestorben?

Ich wurde unruhig. Sonst war meine Mum eigentlich gar nicht der Typ, der Drama schob.

Es musste etwas wirklich Ernstes sein. Ich wechselte einen raschen Blick mit meiner Schwester, die genauso ratlos wirkte wie ich.

Mum schloss die Augen und begann: „Mädels, ich habe eine Nachricht für euch. Eine gute Nachricht. Und eine schlechte. Also, sie ist gut und schlecht in einem." Ich trommelte nervös mit den Fingern auf die Tischplatte.

Mum fuhr fort: „Ich habe einen Job gefunden. Und eine Wohnung."

Ich sah auf. „Aber das ist doch großartig!"

Freudestrahlend blickte ich in die Runde. Auch Julia schien sich zu freuen, die Erwachsenen blieben jedoch stumm.

„Die Wohnung ist in London."

So in etwa musste es sich anfühlen, wenn man einen Herzinfarkt hatte.

Ich spürte, wie das Lächeln langsam aus meinem Gesicht tröpfelte und die Küche sich vor meine Augen zu drehen begann.

Nein. Nein, nein, nein.

„Ja!" Julias unterdrückter Freudenausruf drang bloß gedämpft an meine Ohren. Ich starrte unverwandt auf die tickende Uhr, die über der Küchentür hing.

„Das ist nicht euer Ernst", flüsterte ich. Meine Stimme war hohl und leer.

Mum schaute mich traurig an.

„Leider doch, Schatz. Nächste Woche können wir einziehen."

Ich schüttelte den Kopf, war einfach nicht in der Lage, das zu begreifen. Wir *konnten* nicht zurück nach England ziehen!

Doch nicht jetzt, wo es gerade besser lief mit Paul und mir!

Paul! Ich kam mir vor, als hätte ich ein Déjà-vu.

Warum, warum zur Hölle musste so ein bescheuertes Schicksal immer mich treffen?

Ich spürte ein Brennen, dass sich langsam durch meine Kehle nach oben arbeitete. Was würde ich alles zurücklassen müssen!

Anne. Jake. Caro. Den kompletten CPC. Maggie und Arthur. Paul.

Ich würde alles zurücklassen müssen, alles, was in den letzten Wochen auch nur einen Hauch von Wichtigkeit für mich entwickelt hatte. Einfach so.

„Sieh mal", begann meine Mutter einen Tröstungsversuch, „wir wohnen nicht mehr im Stadtzentrum, aber du kannst trotzdem wieder auf die Saint Lennox gehen. Du kannst Kat wiedersehen!"

Mein Löffel fiel klappernd auf den Boden, als ich aufsprang. Ich hatte gar nicht gemerkt, dass ich ihn noch in der Hand gehabt hatte.

Ich zwang mich, ein paarmal durchzuatmen, aber ich konnte nicht verhindern, dass meine Stimme bebte, als ich erwiderte: „Hast du eigentlich eine Ahnung, wie ich mich bei dieser Sache fühle? Natürlich freue ich mich, dass ich Kat wiedersehen kann, aber das ist verdammt wenig im Vergleich hierzu!"

Meine Stimme wurde immer lauter.

„Warum müsst ihr Erwachsenen einen eigentlich immer dann aus der Umgebung reißen, wenn man gerade dabei ist, sich einzugewöhnen und isch wohlzufühlen? Hast du eine Ahnung, was Irland mir mittlerweile bedeutet?!"

Mein Herz trommelte wie ein gefangener Vogel gegen meine Rippen und mir wurde klar, wie viel Irland mir *tatsächlich* bedeutete.

Ich hatte geglaubt, meine Welt würde zusammenbrechen, als ich aus London wegmusste.

Aber im Nachhinein wurde mir klar, dass es tausendmal mehr wehtat, jetzt dorthin zurückzugehen. Alle würden sich freuen, mich behandeln, als sei ich nur mal eben im Urlaub gewesen.

Keiner würde auch nur einen blassen Schimmer davon haben, was ich erlebt hatte, was für tolle Freunde ich gefunden hatte – und meine wahre Liebe.

Beim Gedanken an Paul krampfte sich mein Herz schmerzhaft zusammen. Wenn ich geglaubt hatte, in Lucifer verliebt gewesen zu sein, dann war das nicht im Vergleich zu dem, was ich nun fühlte.

Das mit Lucifer, so wurde mir klar, war eine Schwärmerei.

Eine einfache Highschoolliebe, die sich nach ein oder zwei Monaten wieder in Wohlgefallen auflöste.

Das mit Paul dagegen war... ganz anders.

Hatte er mich auch geärgert und bloßgestellt, so waren wir uns doch in den letzten Tagen immer näher gekommen. Ich mochte ihn ja schon ewig, und seit geraumer Zeit hatte ich auch das Gefühl, dass sich in seiner Haltung zu mir etwas änderte. Das mit Paul war wirklich Liebe. Ohne ein weiteres Wort verließ ich die Küche.

„Katherine Jackson! Willst du, dass mein Trommelfell platzt, oder wie?!!", schrie ich aufgebracht in den Hörer.

Maggie und Mum hatten die Neuigkeit, dich ich zu verkünden hatte, einstimmig als dringend deklariert und mir somit dieses Ferngespräch erlaubt.

Und Kat hatte schon sicherlich zehn Minuten damit verbracht, mir die Ohren kaputtzuquietschen.

Auch ich freute mich ja ehrlich darauf, sie wiederzusehen. Aber im Moment erschien mir der Preis dafür einfach zu hoch. Endlich verstummte meine beste Freundin am anderen Ende der Leitung.

„Ach Liz, sorry, aber ich freue mich nun mal so! Damit hätte ich NIE gerechnet!" „Ich freue mich ja auch, aber…" Ich seufzte.

Mit einem Mal kamen mir doch die Tränen. „Mensch, Kat, ich will nicht weg hier! Versteh das nicht falsch, ich will dich auf jeden Fall wiedersehen, aber das hier ist alles so… so…" Ich konnte nicht weitersprechen.

Es war doch alles verkorkst! Erst nach einigen Minuten hatte ich mich wieder im Griff und stieß ein leises Lachen aus.

„Oh man, da könnte ich mich freuen wie ein Schnitzel und bin am Heulen. Sorry, Kat."

Auch Kat lachte, was durch das Telefon ein bisschen wie ein sterbendes Huhn klang.

Dieser Ton machte meine schlechte Stimmung vorläufig zunichte und ich lachte und lachte, gemeinsam mit meiner besten Freundin, bis wir Bauchschmerzen bekamen. Und ich hatte fast schon ein bisschen das Gefühl, sie säße neben mir.

In der nächsten Woche freundete ich mich langsam mit dem Gedanken an, von hier wegzufahren. Beziehungsweise, ich lernte, damit zu leben.

Die meiste Zeit verbrachte ich jedoch damit, möglichst nicht daran zu denken und so viel Spaß zu haben wie es nur irgendwie ging.

Ich ging nun täglich in den CPC, dem ich noch am selben Tag, an dem ich es erfahren hatte, mitgeteilt hatte, dass ich gehen musste. Ich war wirklich überrascht gewesen, wie viele davon getroffen zu sein schienen.

Anne und Caro kämpften beide mit den Tränen und auch Jake sah viel ernster aus als sonst.

Selbst Paul hatte keinen Spruch auf den Lippen, sondern sagte nur ganz uncool: „Nee, oder?"

Vor ein paar Wochen hätte ich mich über eine so offene Sympathiebekundung vermutlich gefreut wie über einen Oscar, aber in dieser Situation, mit meiner Abreise in Aussicht, tat es nur noch mehr weh.

Auch John und Suzanna waren sehr traurig.

Sie boten an, an dem Sonntag, an dem wir fahren wollten, alle Mitglieder des Clubs zu einem Gottesdienst einzuladen, damit ich mich verabschieden konnte. Das fand ich unbeschreiblich nett und es war ein winziger Lichtblick in der Ansammlung von dunklen Wolken, die über meiner Woche hing.

Meiner letzten Woche in Irland.

Es war noch immer nicht ganz real und ich schätzte, dass ich es erst begreifen würde, wenn es soweit war.

Zu meinem Leidwesen teilte bei Maggie Zuhause keiner meinen Schmerz. Sicher fanden Maggie und Arthur es schade, ihre langjährige Freundin wieder gehen zu lassen, aber sie freuten sich vor allem für Mum.

Mum selbst war geradezu euphorisch, denn auch wenn sie meinen Kummer verstand, so freute sie sich diebisch darauf, endlich wieder auf eigenen Beinen zu stehen.

Und was Jul anging, nun ja, sie war in Irland nie wirklich glücklich gewesen und war schon ganz aufgeregt, wenn sie an die Heimreise dachte.

Heimreise. So wurde es im Haus der Canmoores genannt, aber Anne und den anderen gegenüber sprach ich immer nur von „Abreise".

Denn mein Zuhause, das war mir klar geworden, war nicht in London, sondern hier.

Mum hatte beschlossen, an einem Sonntag zu fahren, da die Straßen da nicht so voll waren und wir schneller unterwegs sein würden.

An jenem verhängnisvollen Tag fielen die Sonnenstrahlen wie jeden Morgen warm und weich auf mein Gesicht und weckten mich, noch ehe Mum mein Zimmer betrat, um die Vorhänge beiseite zu schieben.

Ich richtete mich auf, räkelte mich und brauchte einen Moment, um zu begreifen, warum ich mich so bedrückt und niedergeschlagen fühlte.

Dann holte die Realität mich ein wie ein schwarzer Hammer.

Heute war der Tag X.

Ich seufzte tief und konnte nicht umhin zu denken, dass ich mich am liebsten in dem riesigen Bauernschrank verstecken und einfach hierbleiben würde.

Aber da diese Version äußerst unrealistisch war schwang ich mich schweren Herzens aus dem Bett.

Vor der Tür stand bereit fein säuberlich mein Gepäck, das wir schon gestern zusammengeräumt hatten.

Bloß meine Kulturtasche fehlte noch, und mein Schalfanzug natürlich.

Die Klamotten, die ich heute tragen würde, hatten wir ebenfalls gestern bereitgelegt.

Das Waschen, Zähneputzen und Anziehen war innerhalb von Minuten erledigt, die ich jedoch erlebte, als wären es Stunden.

Ich versuchte verzweifelt, jedes kleine Detail des alten Hauses in mich aufzunehmen, jeden kleinen Riss in der Tapete, jede Maserung des Fußbodens. Schließlich begutachtete ich mich im Spiegel.

Ich trug ein weites blaue T-Shirt, enge, schwarze Jogginghosen und Sandalen. Mein Haar war offen und schlicht nach hinten gekämmt.

Ich sah aus, wie jedes x-beliebige Mädchen in den Ferien.

Entschlossen wandte ich dem Spiegel den Rücken und sah mich ein letztes Mal in meinem Zimmer um.

Das Licht fiel nun auf den bunten Patchwork-Bettüberzug, den die Sonnenstrahlen morgen statt meiner wachkitzeln würden.

Der kleine Tisch am Fenster war vollkommen leer, bis auf ein Blatt Papier, auf das ich mit Bleistift die Aussicht gebannt hatte.

Nicht schön, aber originell.

Zwei Bücher standen im Regal. Der Kleiderschrank gähnte vor Leere.

Die Persönlichkeit aus diesem Raum war verschwunden. Wie programmiert nahm ich mein Gepäck, ließ ein letztes Mal den Blick schweifen und schloss das die Tür hinter mir.

Aus alter Gewohnheit hängte ich das „Gerade niemand da"-Schild an die Klinke, ehe ich meinen Koffer langsam die Treppe hinunterschleppte, nach draußen, wo Mum bereits neben dem Auto wartete.

Ich würde heute ein letztes Mal in den CPC gehen und von dort abgeholt werden. Daher musste ich Maggie und Arthur jetzt schon Tschüss sagen.

Das war wohl einer der schwierigsten Momente. Denn die beiden waren nicht nur Gastgeber gewesen, sondern gewissermaßen Familie.

Maggie schien mit den Tränen zu kämpfen, als sie mich in die Arme schloss.

„Die Adresse hast du ja jetzt", flüsterte sie mit in die Haare.

„Du meldest dich einfach mal bei uns, ja?" Ich nickte und musste ziemlich heftig zwinkern, um das Brennen in meinen Augen zurückzudrängen.

Auch Arthur umarmte mich herzlich und meinte, es sein eine wirklich schöne Zeit mit mir gewesen.

Ich bedankte mich ungefähr hunderttausend mal bei allen für die Gastfreundschaft und überhaupt es fühlte sich beinahe an, als reiße mir jemand das Herz aus der Brust, als ich zum letzten Mal auf das gemütliche kleine Häuschen sah, ehe ich mich auf den mir inzwischen im Schlaf bekannten Weg zum CPC machte.

Dort angekommen war bereits die Hölle los.

Alle möglichen Leute, die ich aus dem Camp kannte, wuselten umher, winkten mir zu oder wechselten ein paar rasche Worte mit mir.

Ich erlebte das alles wie in einem Traum.

Dass all diese Leute meinetwegen gekommen waren überwältigte mich einigermaßen.

Gegen halb elf zogen sich dann langsam alle ins Bungalow zurück, wo der Gottesdienst stattfinden sollte. Kurz bevor auch ich hineingehen wollte, hielt John mich zurück.

„Elizabeth? Könntest du gleich die Lesung übernehmen?" Ich hatte schon öfters in den wöchentlichen Gottesdiensten eine Lesung oder eine Fürbitte gemacht und nickte zustimmend.

John schlug mir die Bibel auf der richtigen Seite auf und bedeutete mir dann, mich zu den anderen auf den Boden zu setzen.

Ich ließ mich auf das letzte freie Kissen sinken, das direkt neben Paul und Anne war. Sofort schlug mein Herz schneller, als Paul mir einen raschen Blick zuwarf.

Es war ja so unfair, dass sein bloßer Anblick ausreichte, um mich vollkommen aus der Fassung zu werfen!

Ich liebte die Gottesdienste des CPC, aber heute konnte ich mich nicht darauf konzentrieren.

Ständig kreisten meine Gedanken um die nur noch Stunden entfernte Abreise und ich war beinahe erleichtert, als John die Lesung ankündigte.

Dann würde ich wenigstens abgelenkt werden.

Mein Blick senkte sich auf die Seite, die John mir gezeigt hatte.

Es war *Die Heilung zweier Blinder bei Jericho*, eine Geschichte, die ich schon öfter in der Schule gelesen hatte.

Ich begann, doch ich hörte meine Stimme wie aus weiter Ferne. Jedes Wort schien in Watte gepackt zu sein, die nicht ganz den Stacheldraht verdecken konnte, der sich mir beim Sprechen in die Kehle zu bohren schien.

Meine Stimme bebte, doch je mehr ich versucht, sie ruhig zu halten, desto mehr zitterte sie. „Und Jesus sprach zu ihnen – nein, tut mir leid!"

Ich sprang auf, ignorierte das erschrockene Einatmen der anderen und stürmte aus dem Bungalow.

Es war einfach alles zu viel für mich.

Erst später erfuhr ich, dass Paul nach einem kurzen Moment des Schweigens die Bibel nahm und den Text zu Ende las.

Niemand folgte mir und dafür war ich unendlich dankbar. Jeder Atemzug brannte in meiner Lunge, ich lief immer weiter, immer im Kreis, versuchte, mich zu beruhigen.

Mein Atem ging stoßweise und zittrig, Tränen liefen über meine Wangen.

Nach einer Weile wischte ich sie ab und setzte mich auf einen Findling. Ich konnte jetzt nicht zurück in den Gottesdienst, und auch wenn das vermutlich gotteslästerlich war, ich war sicher, John würde es verstehen.

Ich wusste nicht, wie lange ich dasaß, ehe die anderen aus dem Bungalow kamen. Suzanna war die Erste, danach folgte Anne.

Sie sahen sich beide suchend um und kamen dann mit eiligen Schritten auf mich zu. Anne nahm mich in den Arm.

„Geht's wieder?", flüsterte sie leise.

Ich nickte nur, weil ich fürchtete, dass ich sofort wieder zu weinen anfinge, wenn ich den Mund öffnete.

Wir vertrieben uns die Zeit, bis Mum mich abholen würde, mit Activity.

Das war Jakes Vorschlag gewesen, und ich wusste, dass er ihn nur gemacht hatte, weil er mich auf andere Gedanken bringen wollte, denn er mochte Activity eigentlich nicht so gerne.

Ich war ihm unendlich dankbar dafür und es funktionierte tatsächlich.

Wir lachten alle so sehr, dass ich kurzzeitig sogar vergaß, warum überhaupt so viele hier waren.

Das wurde mir aber mit einem Schlag wieder klar, als das Auto von Mum auf die Wiese rumpelte.

Augenblicklich war meine gute Stimmung weg, mein Herz schien rasend schnell in die Tiefe zu fallen. Jetzt kam der Moment, der mich seit letzter Woche in meinen Alpträumen heimgesucht hatte.

Auch die anderen verstummten, ganz als hielte ein Leichenwagen vor dem Clubgebäude.

Mum kurbelte die Fensterscheibe herunter. „Sagst du tschüss, Liz?"

Ich nickte und schluckte gegen den immer größer werdenden Kloß in meinem Hals an. Nun war es also soweit.

Als erstes verabschiedete ich mich von allen, mit denen ich nicht so viel zu tun gehabt hatte.

Lucas und ich hatten lediglich ein paar Worte miteinander gewechselt und dennoch war ich ihm unbeschreiblich dankbar, dass er gekommen war.

Schließlich kam Suzanna zu mir.

Eine Träne lief über ihre Wange und auch meine Augen begannen wieder zu brennen.

„Ich werde dich so vermissen, Suzanna!", stieß ich hervor.

Bereits gestern hatten alle meine Freunde und ich Adressen und Telefonnummern ausgetauscht, aber vermissen würde ich sie allemal.

„Ich dich auch", erwiderte Suzanna und drückte mich so fest, als wolle sie mich nie mehr loslassen.

Ähnlich ging es mir mit Caro.

Dann kam Jake an die Reihe und mit meiner Selbstbeherrschung war es vorbei.

Er nahm mich kurz entschlossen unter den Armen und wirbelte mich einige Male herum, sodass er beinahe die Umstehenden umgemäht hätte.

Er tat auf cool, aber ich sah mit einem Mal ein verdächtiges Glitzern in seinem Augenwinkel und als er mich schließlich noch einmal feste umarmte flüsterte er: „Ich find's echt beschissen, dass du gehst!"

Bei diesen Worten war es um mich geschehen, ehe ich etwas tun konnte liefen mir heiße Tränen über die Wangen.

Anne kam auf mich zu und war bereits am Weinen.

„Du sollst nicht gehen, Liz!", rief sie aus.

Ich brachte keinen Ton mehr hervor, wir hielten uns einfach nur in den Armen, unsere Schultern bebten. Schließlich ließ sie mich los.

„Wenn du mir nicht schreibst, bringe ich dich um!", drohte Anne mit geröteten Augen und entlockte mir ein leises Lachen.

Das verlosch jedoch sofort wieder, denn nun war bloß noch einer übrig. Paul.

Das war der Moment, vor dem ich mich am meisten gefürchtet hatte.

Auch Paul schien sich in seiner Haut nicht ganz wohlzufühlen.

„Schade, Elizabeth. Ich werde dich vermissen." „Ich dich auch", brachte ich heraus und tausend Schmetterlinge tanzten durch meinen Bauch, als er mich ganz kurz in die Arme schloss.

„Machs gut, kleine Schwester!" Ich erstarrte.

Kleine Schwester. Schwester. Natürlich.

Wie hatte ich nur so naiv sein können zu glauben, dass Paul etwas ähnliches empfinden könnte wie ich.

Am liebsten wäre ich auf der Stelle zusammengebrochen und in einem Tränenmeer verschwunden, doch ich schaffte es noch „Machs besser", zu erwidern, ehe ich, ohne mich umzusehen, ins Auto stieg.

Ich stöhnte leise und löste meinen Kopf aus der äußerst unbequemen Position, in der meine linke Wange ans Fenster gepresst wurde und mein Nacken allen Anscheins nach verrenkt.

Ein Blick auf die Uhr zeigte mir, dass wir bereits sechs Stunden unterwegs waren. Vom vielen Weinen erschöpft und sicherlich auch aufgrund des Schlafmangels der letzten Tage war ich im Auto beinahe sofort eingeschlafen.

Zu meiner Überraschung war Jul noch wach, sie schlief normalerweise auf jeder Autofahrt ein.

Und sie machte auch keinen blöden Spruch wie „Mach den Mund das nächste Mal lieber zu" oder „Oh, schlaf bitte weiter, es war gerade so ruhig!"

Sie schaute mich nur von der Seite her an und sagte gar nichts.

Der Umstand, der mich vor Tagen noch irreparabel gekränkt hätte, war mir in dieser Situation nur zu Recht.

Ich lehnte mich gegen das Fenster und beobachtete die endlosen Reihen von Autos und Leitplanken, die an uns vorbeizischten.

Mein Rücken tat weh, ich musste mich dringend bewegen. Um mir die Zeit zu vertreiben griff ich nach meinem Handy. Keine Nachricht.

Logisch, mitten auf der Autobahn gab es sicherlich kein Netz.

Seufzend legte ich das Gerät wieder beiseite und beschloss stattdessen, ein Gespräch mit Julia anzufangen.

„Freust du dich auf England?", wagte ich zu fragen. Inzwischen waren meine Tränendrüsen ohnehin versiegt, ich brauchte also nicht zu fürchten, dass ich im Auto zu heulen begänne.

Julia benötigte einige Sekunden, um zu realisieren, dass ich mit ihr sprach. Nachdenklich kratzte sie sich am Kopf.

„Ja, sehr. Ich bin mit diesem Pampaleben nicht richtig warm geworden. Aber du findest es beschissen, dass wir zurückmüssen, oder?"

Tja, da hatte sie den Nagel auf den Kopf getroffen. Ich nickte.

„Das Pampaleben, wie du es nennst, gefällt mir hundertmal besser als das in der Stadt", gestand ich leise. Jul nickte versonnen.

„Schon komisch", bemerkte sie nach einer Weile. Ich sah sie an.

„Was?" Sie erwiderte meinen Blick und schien nach den richtigen Worten zu suchen.

„Na, dass wir so unterschiedlich sind. Ich meine, wir sind immerhin Schwestern." Nachdenklich schaute ich den Regentropfen zu, die seit geraumer Zeit auf das Autodach niederprasselten und sich an der Scheibe ein Wettrennen lieferten. „Stimmt schon", gab ich zurück. „Aber ich glaube, dass es mich nerven würde, wenn du immer dasselbe machen würdest, wie ich."

Julia lachte ein bisschen. „Du nervst auch so schon genug!", versicherte sie mir und fing sich dafür einen Rippenstoß ein.

Daraufhin mussten wir beide lachen. Man konnte ja sagen, was man wollte, aber eine große Schwester zu haben war schon etwas Schönes.

Na, meistens.

Der Verkehr ging nur sehr schleppend voran. Mum hatte in von Maggie die gefühlte halbe Vorratskammer mitbekommen, aber sich die Zeit nur mit Essen zu vertreiben war nach einer Weile auch nicht mehr sonderlich reizend.

Ich ertappte mich bei dem Gedanken, was Paul wohl gerade tat. Ob er gemeinsam mit Jake am Strand Surfen war?

Oder regnete es auch in Irland und sie mussten sich mit dem alten Tischfußballspiel im CPC begnügen?

Immer und immer wieder tauchte sein Gesicht vor meinem inneren Auge auf, die blonden Haare, die nach Minze und etwas Mediterranem dufteten, seine wahnsinnig blauen Augen…

Mein Gehirn ermahnte mich, ich solle mich gefälligst zusammenreißen, das Thema Paul sei abgeschlossen. Aber ich weigerte mich schlicht, das zuzugeben.

Sobald ich in unserer neuen Wohnung einigermaßen angekommen war, würde ich Paul einen Brief schreiben. Und Anne. Und Jake und Caro. Und am besten auch an den CPC.

Mums Wagen stand noch nicht ganz, als ich schon die Tür aufriss und mit wilden Sätzen über die Straße rannte.

Eine dunkelbraune Haarmähne kam von der anderen Straßenseite auf mich zu und Sekunden später lag ich meiner besten Freundin in den Armen.

Der vertraute, warme Geruch, der von Kat ausging, umgab mich wie eine schützende Wolke und eine sehr vertraute Stimme quietschte mir ins Ohr: „Lizzy! Oh mein Gott, ich habe dich so vermisst! Was hätten wir nur ohne die Briefe gemacht? Meine Güte, ich bin ja so froh, dass du wieder hier bist, ich weiß gar nicht, was ich sagen soll!"

„Sag einfach gar nichts", hauchte ich ihr ins Ohr, während ich gleichzeitig lachen und weinen musste.

Bis zu diesem Augenblick war mir überhaupt nicht klar gewesen, *wie* sehr ich Kat vermisst hatte. Wir standen geschlagene zwei Minuten einfach nur da und hielten uns in den Armen, dann ließ Kat mich langsam los und wischte sich die Tränen vom Gesicht.

Ihre Wangen glühten und in den haselnussbraunen Augen lag ein goldenes Funkeln.

„Ich kann es immer noch nicht fassen, dass du wirklich hier bist!", rief sie aus und ich lachte, so erleichtert war ich, sie endlich wieder vor mir zu sehen. „Du bist die einzige, wegen der es sich gelohnt hat, wieder herzukommen", meinte ich.

Kat zog die Augenbrauen zusammen. „Ich schätze mal, es gibt viel zu erzählen?", vermutete sie. Ich nickte.

Am liebsten hätte ich sofort mit ihr über alles gesprochen, aber Mum machte mir einen Strich durch die Rechnung.

„Liz, so schön das hier auch anzusehen ist, aber es ist schon reichlich spät. Und wir müssen allmählich mal das Zeug auspacken. Ihr könnt euch morgen treffen, noch sind ja Ferien."

Ich nickte ergeben, auch wenn ich nicht die geringste Lust hatte, mich jetzt schon wieder von Kat zu trennen. Aber es lag tatsächlich schon ein orangefarbener Schimmer am Horizont und ich merkte, wie müde ich war.

„Wir sehen uns auf jeden Fall morgen, klar?" Kat schaute mich mit ihrem typischen „Wehe, wenn nicht"-Blick an.

Ich versprach ihr hoch und heilig, morgen um halb elf im Hyde Park zu sein, erst dann ließ sie mich gehen. Mum, Julia und ich machten uns mit einem mulmigen Gefühl im Bauch auf in die neue Wohnung.

Ich sah mich um. Dunkle Holzmöbel standen in allen Zimmern, Bad und Küche waren weiß gefliest und bunte Tapeten waren in den Räumen angebracht.

Es war definitiv klein, aber heimelig und einladend, stellte ich erleichtert fest.

Wir hatten das Privileg, die Wohnung möbliert zu übernehmen, sodass wir nur Mums Erb- und Lieblingsstücke unterbringen mussten.

Nach einem ausführlichen Rundgang hatten Jul und ich unser Zimmer gefunden. Ich wuchtete meine Koffer über die Türschwelle des Dachzimmers.

Vom Aufbau her war es genauso wie in der alten Londoner Wohnung, eine Dachschräge und ein großes Fenster.

Auch ein breites Bett stand darin, ein Kleiderschrank und ein Schreibtisch. Auf dem Boden lag ein Flickenteppich, der mich stark an Maggies und Arthurs Haus erinnerte, weiße Gardinen zierten das Fenster.

Die Tapete hatte einen angenehmen Meereston, eine undefinierbare Mischung aus blau und grün.

Ich fand es auf Anhieb gemütlich. Morgen würde ich meine Besitztümer hier verteilen und schon wäre mein Mädchenzimmer nahezu perfekt.

Doch vorher musste ich ganz dringend eins tun: Schlafen!

Mir fielen beinahe die Augen zu, als ich unter die mit silbernen Sternchen bedruckte Bettdecke kroch.

Dennoch konnte ich nicht sofort einschlafen.

Ich dachte an Paul. Daran, wie nett er in den letzten Wochen zu mir gewesen war, auch wenn er mir manchmal auf die Nerven ging.

Dann dachte ich an Anne und an Kat. Beim Gedanken an meine beste Freundin explodierte ein kleines Endorphin-Feuerwerk in meinem Bauch.

„Gute Nacht nach Irland", murmelte ich noch, dann umhüllte mich die süße Schwere des Schlafs.

Am nächsten Morgen empfing mich der Geruch von nassem Asphalt und Erde.

Ich schloss die Augen, als ich das Fenster öffnete.

Der Regen hatte London reingewaschen, jetzt lag ein Nebelschleier über den Straßen.

Aber die Sonne, deren Strahlen durch das feuchte Weiß drangen, versprach einen schönen Montag. Es war ein sehr seltsames Gefühl, alleine mit Mum und Julia am Frühstückstisch zu sitzen.

Ich hatte mich so sehr an Maggies Erzählungen und Fragen beim Essen gewöhnt, dass mir die Stille in unserer neuen Küche fast unheimlich vorkam.

Schweigend aß ich meinen Toast. Es war der letzte Proviant aus Irland und ich merkte, dass ich unwillkürlich beinahe mit einer Art Ehrfurcht aß, viel aufmerksamer als sonst, als wolle ich das letzte bisschen Irland für immer in meiner Erinnerung festhalten.

Auch wenn es nur Brot war.

Mum seufzte und fuhr sich mit dem Finger durch ihre dunklen Haare.

„Ich muss heute wohl einkaufen gehen. Ab morgen kann ich meine Arbeitsstelle ansehen." Ich wusste, dass Mum sich sehr auf ihre neue Arbeit freute, und obwohl wir ja eigentlich nur deswegen aus Irland weggemusst hatten freute ich mich mit. Ich wusste ja, wie sehr eine Mutter darunter gelitten hatte, sich nicht um sich und uns kümmern zu können.

Wie sehr sie es vermisst hatte, auf eigenen Beinen zu stehen. Aber der kleine Funke von Ärger ließ sich nicht beiseiteschieben.

Zufrieden schob ich meinen Teller von mir und warf einen Blick auf meine Armbanduhr.

„Ich mache mich mal besser auf den Weg", sagte ich in die allgemeine Stille hinein. Es war zehn Uhr, um halb elf traf ich mich mit Kat. Und unsere neue Wohnung war ein ganzes Stück vom Hyde Park entfernt.

Mum nickte. Sie hatte mir erlaubt, den ganzen Tag wegzubleiben, ein Privileg, dass ich vor einigen Monaten sicher noch nicht gehabt hätte.

Aber sie wusste, wie traurig ich bei unserer Abreise gewesen war und wollte mir etwas Gutes tun.

Ich war ihr sehr dankbar dafür, und nachdem ich meinen Teller in die Spüle gestellt hatte, schnappte ich Handy, Geldbeutel und Haustürschlüssel und verließ unser Appartement.

Ich stieß das Tor zum Hyde Park auf und eine Flut von Erinnerungen stieg in mir auf.

Als wäre ich in einem früheren Leben betrachtete ich beinahe staunend die Wiese mit den Bäumen darum und die Sandwege.

Das Aussehen des Parks hatte sich fast gar nicht verändert, bloß dass in den damals noch leeren Beeten jetzt kunterbunte Sommerblumen blühten. Es war, als wäre die Zeit stehengeblieben.

Mit einem leisen Lächeln strich ich über die Spitzen des Tors. Vor jenem hatten Lucifer und ich uns beinahe geküsst. Verrückt, aber die Sache mit Lucifer war irgendwie ins Nichts gelaufen.

Ehe ich mich in weitern Gedankengängen verstricken konnte, ertönte eine Stimme direkt hinter mir: „Buh!"

Ich fuhr zusammen und Kat lachte vergnügt.

Ich boxte sie in die Seite, musste dann aber auch lachen. Kat hatte sich überhaupt nicht verändert, stellte ich erleichtert fest.

„Gehen wir ein Stück?", wollte sie wissen.

Ich nickte und wir setzten uns in Bewegung. Am Springbrunnen im Zentrum des Parks war noch eine Bank frei, auf er Kat und ich uns platzierten.

Wir hatten uns kaum gesetzt, da platzte meine beste Freundin auch schon los: „Also, jetzt erzähl mal. Und zwar alles! Ich will wirklich *alles* wissen!"

Ich hatte ihr natürlich schon am Telefon von Paul erzählt, aber in der Stunde, die wir immer bloß Zeit hatten, hatte sie natürlich lange nicht alles erfahren.

Also erzählte ich.

Ich redete und redete und redete, nur ab und an unterbrochen von einer Frage oder einer Anmerkung von Kat.

Als ich ihr erzählte, wie Paul und ich zusammengelost worden waren, lachte sie schadenfroh. Ich knuffte sie beleidigt in die Rippen.

„Hey, du Ulknudel! Das war gar nicht witzig! Wobei es sich im Nachhinein als Glück herausgestellt hat."

„Siehst du!" Kat grinste breit und ich fuhr fort.

Ich berichtete von meinem Unfall, wie ich mich mit Jake angefreundet hatte, von Pauls und Marias Trennung.

Schließlich von den letzten Wochen in Irland und vom letzten Gottesdienst im CPC.

Als ich zum Abschied von Paul und mir kam, schnappte Kat nach Luft.

„Nein! Nein, nein, nein, nicht im Ernst! Er hat dich nicht kleine Schwester genannt!" Mit aufgerissenen Augen starrte sie mich an.

Traurig nickte ich. „Doch."

Ich malte mit der Schuhspitze Muster in den Sandweg und blickte zu Boden. Dieser Satz von Paul machte mir schon die ganze Zeit zu schaffen.

Kat war empört. „Also wirklich, der muss ja blind sein! Was für ein Idiot!"

„Er ist kein Idiot!", verteidigte ich Paul.

Auf Kats Gesicht breitete sich ein freches Grinsen aus. „Oh weh, da ist jemand ganz schlimm verliebt!"

Wenn das so weiterging, würde Kat morgen blaue Flecken haben, weil ich sie so oft boxte.

„Autsch!" Lachend rieb sie sich den Arm und knuffte mich zurück.

Eine kleine Rangelei entspann sich, aber schließlich waren wir so aus der Puste, dass wir bloß keuchend und lachend nebeneinander auf der Bank saßen.

Nachdem wir uns etwas beruhigt hatten meinte ich: „Jetzt will ich aber auch wissen, was hier in der letzten Zeit alles los war!"

Kat strich sich eine Haarsträhne aus dem Gesicht und schien kurz zu überlegen. „Naja, nicht so viel, bis auf…"

Sie biss sich auf die Lippe, es schien ihr höchst unangenehm zu sein. Aber jetzt wurde ich neugierig, obwohl ich auch ein bisschen Angst hatte. War etwas passiert? Ich beugte mich ein bisschen vor.

„Sag schon, was?" Kat schloss kurz die Augen, dann meinte sie: „Es... sorry, Liz, aber... ich glaube, Lucifer hat eine Neue."

Betreten schaute sie zu Boden und spielte am Reißverschluss ihrer Tasche herum. „Oh", meinte ich nur. Irgendwie überraschte es mich nicht sonderlich, immerhin hatten wir unseren Kontakt ja fast gar nicht gehalten.

Kat sah auf.

„Bist du nicht traurig?", fragte sie leise.

Darüber musste ich einige Sekunden nachdenken. „Traurig ist glaube ich das falsche Wort", meinte ich nachdenklich. „Ich meine, das war ja vorherzusehen. Enttäuscht vielleicht, immerhin haben wir ja nie offiziell Schluss gemacht, aber... Ich bin irgendwie auch erleichtert. Also versteh das nicht falsch, ich mochte Lucifer gerne und alles, aber... das mit Paul ist einfach was anderes."

Kat nickte. „Kann ich verstehen. Du scheinst in diesen Typen ja wie irre verknallt zu sein!" Ich sah sie unglücklich an.

„Und wie! Aber das hat sich ja sowieso erledigt", fügte ich noch leise hinzu. Kat legte mir einen Arm um die Schultern.

„Hey, kleine Schmollnase, die Hoffnung stirbt zuletzt! Der merkt schon noch, was er an dir hatte! Und es ist ja nicht so, dass du dich auf nichts freuen könntest, was? Ich sag nur, in zwei Wochen..." Ich verdrehte genervt die Augen.

In zwei Wochen war mein Geburtstag.

Natürlich freute ich mich schon irgendwie darauf, Sechzehn zu werden, aber irgendwie eben auch nicht. Sechzehn klang so... alt.

Und bis dahin würde auch schon wieder Schule sein, und darauf hatte ich absolut keine Lust.

Ich würde wieder in meine alte Klasse gehen, was zwar prinzipiell gut war, aber eben auch total seltsam. Ich meine, wie kommt das denn rüber, wenn man nach einem halben Jahr einfach mal wieder in die Klasse spaziert kommt, wie nach einem langen Urlaub?

Ich seufzte.

Es wäre leichter zu ertragen, wenn Paul hier wäre. Oder Anne. Auch sie vermisste ich sehr, ebenso Caro und Jake.

Und den Rest des CPCs. Ich seufzte abermals. Es half ja alles nichts, das Leben ging weiter.

„Sag mal, hast du Pauls Adresse?", riss Kat mich aus meinen trüben Gedanken. Ich zuckte zusammen.

„Wie? Wo? Äh, ja, habe ich. Wieso?" Nun war es an Kat, die Augen zu verdrehen. „Sag mal, du bist heute nicht so schnell in der Birne, oder? Schreib ihm doch! Sag ihm, wie du dich fühlst. Und hast du eigentlich ein Foto von ihm?"

Entgeistert starrte ich sie an. „Ein Foto? Nein, natürlich nicht! Und ihm schreiben wie ich mich fühle... hallo? Was würdest du machen, wenn du einen Brief bekommen würdest, in dem „Ich liebe dich" steht?!"

Kat kicherte und ich raufte mir die Haare. Das wäre ja noch schöner.

Paul würde mich dann wohl für die Klette des Jahrtausends halten.

Aber die Idee mit dem Brief an sich war gar nicht mal so schlecht. Und Anne hatte mir geschworen, mich umzubringen, wenn ich mich nicht meldete.

Warum sollte ich dieses Risiko eingehen? „Du hast ja recht", lenkte ich ein.

„Es bringt ja nichts. Ich schreibe ihm heute Abend. Aber *nicht*, dass ich ihn liebe!" Kat grinste. „Schade. Aber es ist ein Anfang."

Erwähnte ich schon, dass Kat eine ziemliche Nervensäge sein konnte?

Es war doch seltsam, wie sehr man sich an den ständigen Umgebungswechsel gewöhnte.

Oder lag es daran, dass ich mich in London bereits auskannte? Jedenfalls fühlte ich mich, als ich an diesem Abend in meinem Zimmer saß, schon wieder fast wie Zuhause.

Ich hatte die wichtigsten Gegenstände bereits im ganzen Raum verteilt und es war inzwischen echt gemütlich. Zwar lange nicht so schön wie Irland, aber allemal zum Aushalten.

Nachdenklich kratzte ich in einem Riss im Schreibtisch herum.

Ein leeres Blatt Papier lag vor mir, ein Kugelschreiber und ein Kuvert daneben. In dem Kuvert waren zwei auf Vorder- und Rückseite beschriebene Bögen, die an Anne adressiert waren.

Es war leicht gewesen, ihr zu schreiben, umso schwerer gestaltete es sich nun, auch an Paul einen Brief zu verfassen.

Ich würde ihm gerne so viel sagen, aber dafür war ein Brief wohl nicht gerade das zuverlässigste Mittel. Zumal ich ja nicht einmal wusste, ob er es überhaupt hören wollte.

Es scheiterte ja schon am Anfang, bei der Anrede! *Lieber Paul*, klang genauso bescheuert wie *Hi Paul, wie geht´s?*

Ich stöhnte auf. Wenn das so weiterging, dann säße ich morgen noch hier.

Vor meinem Fenster schickten Straßenlaternen orangefarbenes Licht in die aufkommende Dunkelheit und ein leichter Nebel legte sich über London.

Die Uhr an meiner Wand zeigte schließlich halb neun, als der Brief endlich fertig vor mir lag:

Hallo Paul,

hier ist Elizabeth. Ich wollte mich einfach nochmal gerne bei dir melden und dir sagen, dass ich gut angekommen bin. Ich wäre furchtbar gerne wieder bei euch, auch wenn ich hier meine beste Freundin wiedersehe. Ich vermisse euch sehr und würde mich wie ein Schnitzel freuen, wenn du antwortest!

Hoffentlich geht es dir gut und wir sehen uns so bald wie möglich wieder.

Alles Liebe wünscht

Deine Liz

Fünfmal las ich die Zeilen durch, ehe ich nickte und den Zettel mit bebenden Fingern in den bereitliegenden Umschlag steckte, den ich ausdrücklich an Paul adressierte.

Dann knipste ich meine Schreibtischlampe aus und legte mich erschöpft auf mein Bett. Es war so viel passiert in den letzten Tagen!

Ich wusste momentan nicht genau, wie ich mich fühlen sollte.

Es war toll, Kat wiederzusehen und die „Alte Heimat" wiederzuhaben, aber da war eben auch ein wahnsinnig tiefes, schmerzhaftes Loch, das nur durch Irland wieder gefüllt werden konnte.

Ich starrte an meine Zimmerdecke, an die ich ein riesiges Foto vom irländischen Sternenhimmel gepinnt hatte.

Es war bereits ziemlich spät am Abend, die Ziffern meines Weckers standen auf kurz vor elf, aber ich konnte einfach nicht schlafen.

Seit gut einer Woche war ich wieder in der Schule, in meiner alten Klasse. Wir hatten sogar den Klassenraum behalten, ich saß wieder auf meinem ursprünglichen Platz.

Der erste Tag nach den Ferien war wider Erwarten sogar echt schön gewesen.

Mr. Thomas hatte sich ehrlich gefreut mich wiederzusehen und wollte alles über Irland erfahren.

Ich war zwar normalerweise nicht diejenige, die sich gerne ins Rampenlicht drängte, aber es war schon ein cooles Gefühl, dass die anderen wirklich interessiert an dem schienen, was ich zu sagen hatte.

Unterricht hatten wir an diesem Tag keinen gehabt, weil es ja auch der erste nach den Ferien gewesen war.

Die einzige brenzlige Situation hatte sich ergeben, als ich Lucifer getroffen hatte. Es war in der ersten Pause gewesen, unglücklicherweise auf dem Schulhof, wo einem auch noch jeder zusah.

Das war mir wirklich unangenehm gewesen, immerhin konnte ich wohl kaum stürmisch auf ihn zu rennen.

Ihn eiskalt zu ignorieren kam aber natürlich auch nicht in Frage. Also war ich betont lässig zu ihm geschlendert: „Hi, Lucifer. Lange nicht mehr gesehen, was?" Dabei hatte ich feststellen müssen, dass das aufgeregte Kribbeln in meinem Bauch bei seinem Anblick vollkommen verschwunden war.

Wir brachten es nicht über uns, uns in die Augen zu sehen.

Erst nach einer Weile hatte er schließlich das Schweigen gebrochen: „Ich glaube, es hat sich einiges verändert. Und... ich glaube, das zwischen uns wird nichts, Liz." Da hatte ich ihm nur zustimmen können und letztendlich hatten wir uns im Guten getrennt.

Aber ein Freudenfest hatte ich natürlich trotzdem nicht gefeiert.

Nun lag ich also hier, eine ereignisreiche erste Schulwoche hinter mir, und schaute auf die Sternenbilder, die erstarrt an meiner Zimmerdecke hingen. Es war Freitag. Und morgen würde ich Sechzehn werden.

Ich wusste immer noch nicht, ob ich mich darauf freuen sollte, oder nicht.

Es war natürlich toll, erwachsen zu werden, aber es würde diese krasse Veränderung, die mein Leben gerade durchmachte, noch bestätigen.

Seufzend griff ich auf meinen Nachttisch, auf dem ein eng beschriebenes Blatt Papier lag, vor lauter Tinte schon fast schwarz.

Es war Annes Antwortbrief, er war vor zwei Tagen angekommen. Von Paul hingegen hatte ich nichts mehr gehört, und obwohl ich nach außen hin vorschützte, dass mich das nicht interessierte, wurmte es mich doch sehr.

Ich hatte immerhin geglaubt, dass er auch etwas für mich empfand und jetzt so einfach... abgehakt zu werden tat schon weh. Aber jammern würde auch nichts helfen beschloss ich, legte Annes Brief wieder beiseite und schlief dann endlich ein.

Das erste was ich am nächsten Morgen wahrnahm war ein fürchterlich schiefes, dreistimmig gesungenes „Happy Birthday".

Ich schlug quälend langsam die Augen auf und blinzelte gegen die Deckenlampe, die wohl von Julia angeschaltet worden war.

„Alles Gute, Liz", kam es immer noch dreistimmig von der Tür. Moment. Dreistimmig? Als ich gestern nachgezählt hatte waren Mum und Jul definitiv bloß zwei gewesen, nicht drei!

Ruckartig setzte ich mich auf.

„*Kat?!*" Meine beste Freundin grinste. „Kann mir doch nicht entgehen lassen, wenn du deine Geschenke aufmachst! Und ich wollte dir ganz nebenbei auch gratulieren!"

Ich strahlte und umarmte meine Freundin, die mich so fest drückte, als wolle sie Pflaumenmus aus mir machen.

„Alles Gute, meine Süße", flüsterte sie. Auch Mum und sogar Jul umarmten mich, dann schlüpfte ich rasch aus meinem Pyjama und zog gescheite Klamotten an. Schließlich folgte ich den drei Menschen in die Küche, die mir am meisten bedeuteten und deren Anwesenheit das größte Geschenk für mich war.

„Oh mein Gott, *danke!*" Mit leuchtenden Augen fiel ich meiner großen Schwester um den Hals.

Sie hatte von keine Ahnung wo jede Menge Fotos aus dem CPC und generell aus Irland aufgetrieben und eine wunderschöne Collage erstellt.

Da waren Bilder von mir mit Maggie und Arthur, von Anne, Caro, Carmen, ja, sogar von Jake und Paul, vom Meer, von mir auf einem Surfbrett... mit glänzenden Augen strich ich über die Bilder, die unter der gold glänzenden Überschrift „Love your life" prangten.

„Vielen, vielen Dank!" Julia lächelte nur, als wäre es eine Selbstverständlichkeit.

Auch über Mums Geschenk hatte ich mich sehr gefreut, es war ein wunderschönes Kleid in lindgrün, das perfekt zu meinen Haaren passte.

Dazu eine Kette, mit einem ebenso grünen Anhänger in Herzform.

Nun war bloß noch Kats Geschenk übrig und die drei Karten auf dem Küchentisch. Anne hatte ihre Glückwünsche schon mit ihrem Brief mitgeschickt, dazu liebe Grüße von Caro.

Ich öffnete die Schleife, die Kat um ihr Geschenk gewickelt hatte.

Es war ziemlich schwer und unförmig und ich rätselte ein bisschen, was es wohl sein sollte.

Das rot-grün karierte Papier landete auf dem Boden und ich hielt... eine Tasse in der Hand.

Aber nicht irgendeine Tasse, sondern eine riesengroße, weiße Tasse mit einem Bild von Kat und mir darauf gedruckt. Dazu ein in ein E verschlungenes K, eingerahmt von einem Herz.

„Oh, ist die schön!", rief ich aus und umarmte Kat. „Ich liebe sie!"

Kat grinste verschmitzt. „Ich hab die auch, das ist unsere Freundschaftstasse!"

Das war doch wirklich süß.

Nun waren bloß noch die Karten übrig. Die erste war von meinen Großeltern, die zweite von Maggie und Arthur.

Auf der dritten jedoch stand kein Absender.

„Hä?", murmelte ich leise. Wen kannte ich, der mir anonym schrieb? Und mit einer solch seltsamen Schrift?

Sie sah aus wie eine Mischung aus Block- und Schreibschrift.

Meine Hände bebten leise, als ich den Umschlag aufschlitzte und den dreimal gefalteten Zettel herausnahm. Ich las die paar Zeilen rasch dreimal hintereinander:

Hallo Elizabeth und herzlichen Glückwunsch zu deinem Geburtstag.

Ich wünsche dir nur das Beste und habe auch eine Bitte: Komm heute um halb zwölf in die U-Bahn-Station am Leicester Square.

Liebe Grüße

Nun war ich vollends verwirrt. Leicester Square? U-Bahn? Ohne Absender?

Aber Kat neben mir begann aufgeregt zu hüpfen.

„Los, worauf wartest du? Es ist elf und zum Leicester Square brauchst du mindestens zwanzig Minuten!" Ich starrte sie entgeistert an.

„Du glaubst doch nicht im Ernst, dass ich da hingehe! Da könnte ja jeder ankommen!" Ich schüttelte energisch den Kopf. Das war mir zu suspekt.

Aber Kat ließ nicht locker.

„Komm schon, Lizzy, was soll da passieren? Da sind doch Menschen und wir können ja auch wieder gehen. Bitte!"

Sie schaute mich aus ihren braunen Augen so bettelnd an, dass ich aufstöhnte. Dieser miese Hundeblick!

„Na schön. Aber du kommst mit. Und wenn der ominöse Briefschreiber nicht nach zehn Minuten dort auftaucht sind wir weg, ja?"

Kat klopfte mir auf die Schulter. „Logo! Jetzt aber los!"

Mit einem letzten entschuldigenden Lächeln für Mum folgte ich der aufgedrehten Kat aus der Wohnung.

„Wenn in zwei Minuten keiner kommt, dann gehen wir!" Entschlossen wandte ich dem Plan, den Kat und ich studiert hatten, den Rücken.

Es war bereits kurz nach halb und keine Menschenseele war zu sehen. In Ermanglung einer Gleisangabe hatten wir den Fahrplan nach allen Zügen durchforstet, die um halb zwölf hier ankamen.

Es gab bloß einen, da der andere streckentechnisch bedingt ausfiel, also standen wir nun am Gleis 11e und warteten auf das Eintreffen des scheinbar verspäteten Zugs.

Ungeduldig trommelte ich auf meiner Handtasche herum, die ich zur Sicherheit mitgenommen hatte. „Wetten, da kommt eh keiner?", mutmaßte ich.

Kat öffnete den Mund, aber ihre Antwort ging im Heranrauschen der U-Bahn unter, die mit quietschenden Bremsen an unserem Gleis zum Stehen kam. Zischend öffneten sich die Türen und Massen an Menschen quollen heraus: ältere Damen mit Rollatoren, vergnügte Kinder, Männer mit Aktentaschen.

Aber weit und breit kein bekanntes Gesicht. „Was habe ich dir gesa- ah!" Erschrocken schrie ich auf, als sich zwei Hände von hinten über meine Augen legten.

Ich fuhr herum.

„Anne!", quietschte ich, als ich die mir sehr vertraute rote Haarmähne sah. Direkt hinter ihr erblickte ich ein weiteres bekanntes Gesicht-

„Jake!", stieß ich aus und fiel auch ihm um den Hals. Und da, einige Schritte dahinter… Mein Herz stockte.

Blaue Augen funkelten im spärlichen Licht der Station wie Saphire zu mir herüber und ein leichtes Grinsen lag auf seinem Gesicht.

Paul. Mein Herz verdoppelte seine Schlagfrequenz.

„Du… hier?", fragte ich heiser. Paul lachte ein bisschen.

„Ich konnte mir doch deinen Geburtstag nicht entgehen lassen. Und ich muss dir noch etwas sagen." Argwöhnisch sah ich ihn an.

Wie hatte ich das nun zu verstehen? Wochenlang kein Wort von ihm und nun musste er mir plötzlich etwas sagen? Ich beschloss, vorsichtig zu sein.

„Und das wäre?", hakte ich behutsam nach.

Mein Gegenüber trat nervös von einem Bein auf das andere. Trotz seiner Anspannung sah er unheimlich süß aus, wie ich mir eingestehen musste.

Die Stimme in meinem Hinterkopf mahnte mich, ich solle ihn nicht anglotzen wie eine Idiotin, aber ich riss mich nur mit äußerster Mühe zusammen. Abwartend zog ich eine Augenbraue hoch, auch wenn ich ihm lieber um den Hals gefallen wäre. Das wäre aber tendenziell taktisch unklug. Noch.

Paul sah zu Boden.

„Naja", setzte er an. „Ich ähm… habe dir in Irland ja sowas gesagt wie… nun, dass ich dich wie eine Schwester mag."

„Aha." Mehr sagte ich nicht. Er war ja jetzt wohl nicht in diese verflixte U-Bahn gestiegen, nur um mich an den Satz zu erinnern, an den ich ohnehin ununterbrochen dachte.

Er schien sich in seiner Haut äußerst unwohl zu fühlen. „Na, ich wollte dir sagen… also, das stimmt nicht. Ich mag dich nicht wie eine Schwester."

Wow, toll. Sowas oder etwas Ähnliches musste mir wohl durch den Kopf gegangen sein.

„Und dafür soll ich dir jetzt dankbar sein, ja?", hakte ich nach.

Warum sprach er nicht einfach aus, was er dachte? Oder schrieb es mir, wie jeder normale Mensch auch? Aber Paul schien noch nicht fertig zu sein.

Und mein Kommentar schien ihn vollkommen aus dem Konzept geworfen zu haben. „Nein, das… verdammt, Elizabeth, das ist gerade echt schwierig!"

Seine Stimme wurde lauter und auch ich spürte Unmut in mir aufkommen.

„Dann sag doch einfach! Ich bin dir auch nicht böse. Okay?" Paul schloss kurz die Augen.

„Das klingt jetzt wetten total bescheuert", murmelte er leise.

Ich schaute ihn an. Was war nur los mit ihm? So kannte ich den sonst so vorlauten, coolen Paul gar nicht!

Dennoch wartete ich, bis er erneut zu einer Antwort ansetzte.

„Also, Elizabeth. Ich... hab mich dir gegenüber echt scheiße verhalten."

„Das kann man wohl sagen", erwiderte ich trocken, ehe ich mich daran hindern konnte.

Paul lächelte gequält. „Ich weiß, und es tut mir aufrichtig leid. Liz, was ich zu sagen versuche..."

Er raufte sich verzweifelt die Haare. Mir fiel auf, dass es das erste Mal war, dass er meinen Spitznamen benutzte.

Mein Herz schlug noch immer ein paar Takte zu schnell und ich merkte, wie meine Hände zitterten.

Schließlich öffnete Paul seine unglaublich blauen Augen wieder und sah mich direkt an. „Unterbrich mich jetzt bitte nicht, sonst schaffe ich das nie. Also. Liz, ich dachte immer, dass es mir nichts ausmachen würde, wenn du wieder gehst. Du warst einfach eine von vielen, ein bisschen nervig vielleicht, aber das war okay. Du warst... eben Elizabeth. Aber als du dann weg warst..."

Er unterbrach sich kurz und schien nach Worten zu ringen. Ich ertappte mich dabei, wie ich die Luft anhielt. Was wurde das denn jetzt?

„Auf jeden Fall wurde mir mit einem Mal klar, wie wichtig du mir doch warst. Du warst nicht eine von vielen. Du warst... du hast mich manchmal echt zur Weißglut gebracht, aber das war wahnsinnig süß. *Du* bist wahnsinnig süß!"

Wie bitte? Ich glaubte, mich verhört zu haben.

Mein Herz trommelte mittlerweile so schnell in meiner Brust wie nach einem 1000 Meterlauf.

Ich sagte noch immer nichts. „Liz, ich weiß nicht, ob du es mir glaubst oder überhaupt hören willst, aber… Elizabeth Cole, ich glaube, ich habe mich in dich verliebt."

So in etwa musste es sich anfühlen, wenn man hyperventilierte.

Ich merkte, wie meine Knie weich wurden und meine Hände zitterten, als stünden sie unter Strom.

Das hatte er nicht gesagt! Tausend Schmetterlinge veranstalteten einen Tanzball in meinem Magen, während ich nach Worten suchte.

„Paul, das… ich… oh Gott, ich glaube, ich träume", flüsterte ich.

Paul lachte leise, er schien erleichtert, dass ich ihn nicht sofort zusammengestaucht hatte. Ich sah ihm in die Augen.

„Paul, das war jetzt wirklich mutig von dir. Aber, eine Sache…" – er sah aus, als fürchte er, ich würde ihn gleich schlagen – „warum zu Hölle sagst du das erst jetzt?"

Ich schaute ihn mit einer undefinierbaren Mischung aus Empörung, Ungläubigkeit und unvorstellbaren Glücks an. Allmählich breitete sich ein Grinsen über sein Gesicht aus.

„Frag mich was Leichteres", erwiderte er flüsternd. Mein Blick verhakte sich in seinem ich spürte, wie die Welt um uns herum verschwamm.

Das wir uns gerade zum ersten Mal seit Wochen sahen – egal. Es war egal, dass wir uns mitten in eine U-Bahn-Station befanden, dass uns gefühlte hundert Leute zusehen könnten, als Pauls Gesicht langsam näher kam spürte ich nur noch mein viel zu schnell pochendes Herz und die Schmetterlinge in meinem Bauch.

Seine Augen schickte eine stumme Einverständnisbitte und ich gab sie ihm ebenso wortlos zurück.

Ein zarter Duft nach Minze, Gras und Schweiß stieg mir in die Nase, dann berührten sich unsere Lippen.

Die Welt kippte fort, ich wünschte, ich könnte die Zeit anhalten und für immer so hier stehen: Körper an Körper mit Paul, seine Hand auf meinem Rücken spürend, in einem zärtlich fordernden aber keineswegs aufdringlichen Kuss versunken. Durch meinen benommenen Kopf wirbelten nur drei Worte: Ich liebe dich!

Hier und jetzt

Die romantische, beinahe andächtige Stimmung wurde mit einem Mal zerschlagen.

Lautes Klatschen drang an meine Ohren und langsam tauchte ich aus meiner Benommenheit auf.

Ich erblickte Kat, Anne und Jake, alle drei bis über beide Ohren strahlend und applaudierend.

Ich sah mich um. Alle Menschen waren stehen geblieben und klatschten mit einem Lächeln im Gesicht, ganz so, als würde auch für sie die Zeit kurz anhalten, solange sie den Moment teilten und nur ein Bruchteil des Glücks in mir spürten. Mein Gesicht brannte vor Freude und ich schaute Paul mit förmlich strahlenden Augen an.

Auch auf seinem Gesicht lag der Ausdruck vollkommender Glückseligkeit.

„Du hast keine Ahnung, wie sehr ich mir das hier gewünscht habe", wisperte ich ihm zu. Dann flog mir mit einem Mal Kat um den Hals.

„Endlich, du hohle Nuss!", schrie sie mir ins Ohr.

Ich begann zu lachen. Ich lachte und lachte und konnte nicht mehr aufhören.

Das Leben war schön! Es war mehr als das, es war *phänomenal!*

Auch Anne und Jake kamen nun heran, um uns zu gratulieren.

„Dann seid ihr jetzt ein Paar?", wollte Jake wissen. Paul und ich tauschten einen minimalen Blick.

„Ja", erwiderten wir dann synchron. Wieder lachte ich, aber dann wurde ich mit einem Schlag plötzlich ernst.

„Paul? Wie… müssen wir jetzt eine Fernbeziehung führen?" Angst kroch in mir hoch. Das würde nicht funktionieren!

Auch die anderen erstarrten. Darüber hatte keiner nachgedacht! Aber Paul erholte sich überraschend schnell von dem Schock: „Liz, ich weiß, dass du erst deine Schule fertigmachen musst. Aber ich bin achtzehn. Ich… ich habe hier in der Nähe ein kleines Appartement gefunden, nicht riesig, aber dafür bezahlbar.

Sobald ich kann werde ich mir einen kleinen Job suchen und für eine Weile hier wohnen bleiben. Zumindest die erste Zeit. Und in zwei Jahren hast du auch deinen Abschluss, dann können wir sehen, was mir machen."

Er lächelte mich liebevoll an und ich war kurzzeitig überwältigt davon, wie viele Gedanken er sich schon gemacht hatte. Dann nickte ich. „Okay", sagte ich leise und fasste nach seiner Hand.

Irgendwie war es ganz schön unheimlich, so über die Zukunft nachzudenken.

Ich hatte ein bisschen Angst davor. Okay, ziemlich viel.

Immerhin kam auch ein Haufen Verantwortung auf mich zu!

Aber als ich gemeinsam mit Paul, Kat, Anne und Jake die U-Bahn-Station verließ wurde mir klar, dass ich nicht alleine war.

Ich hatte eine Familie und die besten Freunde an meiner Seite, die ich mir wünschen konnte.

Ich würde das schaffen, davon war ich überzeugt. Mit meinen zwei besten Freundinnen, meinem besten Freund, meiner Schwester, meiner Mum und dem tollsten Jungen der Welt an meiner Seite.

Und so liefen wir zu fünft unter der strahlenden Septembersonne dahin, voller Energie und Vorfreude auf die kommenden Ereignisse.

Epilog

Kat drückte sanft meine Hand. „Wir sehen uns, Lizzy." Ihre Augen schwammen fast unmerklich in Tränen. Ich drückte ihre Hand zurück.

„Aber sicher", erwiderte ich. Ich zwinkerte Michael zu. „Sobald du mit deinem Studium fertig bist, kommt ihr einfach nach." Der großgewachsene Junge nickte und legte Kat einen Arm um die Schultern.

„Was willst du eigentlich machen da drüben?", wollte Kats Freund von mir wissen. Ich tauschte einen Blick mit Paul. „Wir beide schreiben uns an der Uni in Galway ein. Paul für Sportjournalismus und ich für Lehramt. Englisch und Geschichte." Kat musste lachen. „Wie Mr. Thomas!"

Ich zwinkerte. Musste ja keiner wissen, dass ich das tatsächlich als Tribut für meinen ehemaligen Klassenlehrer tat.

Kat selber wollte, während Michael Architektur studierte, eine Ausbildung zur Physiotherapeutin machen. „Architekten und Physios werden da oben immer gebraucht", versicherte ich den beiden.

Kat umarmte mich. Ich wechselte noch einen raschen Blick mit Paul. Seine warmen, blauen Augen gaben mir den Mut für den nächsten Schritt. Ich sah meine Mutter und meine Schwester an. Julia studierte an der Uni in London Modedesign und wohnte weiterhin daheim. Ich hingegen...

Ich umarmte meine Schwester und drückte sie ganz fest an mich. „Ich hätte nie gedacht, dass ich das mal sage, aber du wirst mir fehlen", sagte ich mit einem halben Lachen.

Jul wischte sich rasch über die Augen. „Du mir auch, glaube ich." Dann wandte sie sich zu Paul. „Dass du mir gut auf meine Schwester aufpasst!", warnte sie ihn.

Paul lachte. „Keine Sorge, Liz ist bei mir in guten Händen!"

Schließlich fiel ich noch meiner Mum um den Hals. Sie hielt mich fest, als wollte sie mich nie wieder loslassen. „Pass auf dich auf, Liz! In den Semesterferien kommen Jul und ich dich besuchen. Grüß Maggie und Arthur und... sei glücklich, ja Schatz?"

Ich lächelte sie warm an. „Das bin ich, Mum. Ich hab dich lieb."

Mit einem Pfiff gab der Zugbegleiter uns zu verstehen, dass wir nun einsteigen sollten. Paul griff nach meiner Hand und betrat den Zug.

Während wir den Bahnhof verließen, winkte ich meiner Familie am Bahnsteig zu. Dann lehnte ich mich gegen Paul. Ich hatte keine Angst mehr. Ich wusste, dass ich bei ihm sicher war, was auch kommen mochte.

Ich blickte ihn an. „Ich liebe dich, Paul", flüsterte ich. Er lächelte sanft. „Ich liebe dich auch."

Und dann schloss ich die Augen und genoss die Fahrt über die Insel der Träume.

DANKE!

So, nun ist dieses Buch am Ende. Ich habe es glaube ich noch gar nicht realisiert, dass ich diese Zeilen hier schreibe, aber es ist tatsächlich geschafft. „Inselträume" ist nun ein vollbrachtes Werk.

In diesem nun doch sehr emotionalen Zusammenhang, der die Fertigstellung meines Buches für mich ist, möchte ich noch einigen Personen danken. Natürlich danke ich jedem, der mir in der Zeit, in der dieses Buch entstand, zur Seite stand. Aber ganz besonderer Dank gilt diesen Personen:

Danke an meine Eltern. Ohne sie stünde ich definitiv nicht hier, und ohne ihr Engagement und die Geduld, die sie haben, wäre das hier niemals Wirklichkeit.

Danke an Hanna. Hanna, du bist eine wundervolle Freundin, ein bisschen die Caro in meinem Leben. Ich danke dir, dass du mich auf dem Weg zu diesem Buch begleitet hast.

Danke an Lilly. Lilly ist meine persönliche Kat, die mich immer zum Lachen bring und selbst dann noch an meine Schöpfungen glaubt, wenn ich sie schon verwerfe.

Und danke Elisa. Elisa ist Anne und zudem die erste Person, die diese Geschichte hörte. Danke Elisa, für die Engelsgeduld, wenn ich mal wieder von meinem Buch gequasselt habe. Dafür, dass du mir zuhörst.

Außerdem geht ein großes Dankeschön an alle meine Querleser, die sich freiwillig dazu bereiterklärt haben, mein Buch Korrektur zu lesen und mich außerdem zur Veröffentlichung ermutigt haben.

Ich bedanke mich bei allen, die mich immer so motivieren und inspirieren. Ihr seid der Quell meiner Kraft und Fantasie.

VIELEN HERZLICHEN DANK!

Herstellung und Verlag:
BoD – Books on Demand, Norderstedt
ISBN: 978-3-7519-0057-7